马振骋译文集

贺拉斯

〔法〕皮埃尔·高乃依 著
马振骋 译

人民文学出版社

图书在版编目(CIP)数据

贺拉斯/(法)皮埃尔·高乃依著;马振骋译.—北京:人民文学出版社,2021
(马振骋译文集)
ISBN 978-7-02-014907-0

Ⅰ.①贺… Ⅱ.①皮… ②马… Ⅲ.①戏剧文学-剧本-法国-近代 Ⅳ.①I565.34

中国版本图书馆 CIP 数据核字(2019)第 015123 号

责任编辑　卜艳冰　张玉贞　汤　淼
封面设计　钱　珺

出版发行　人民文学出版社
社　　址　北京市朝内大街 166 号
邮政编码　100705
网　　址　http://www.rw-cn.com

印　　刷　杭州钱江彩色印务有限公司
经　　销　全国新华书店等

字　　数　192 千字
开　　本　890 毫米×1240 毫米　1/32
印　　张　9.75
版　　次　2021 年 1 月北京第 1 版
印　　次　2021 年 1 月第 1 次印刷

书　　号　978-7-02-014907-0
定　　价　59.00 元

如有印装质量问题,请与本社图书销售中心调换。电话:010－65233595

目录

贺拉斯   1

罗兰之歌   99

贺拉斯

剧中人物

塔勒斯 　　　　罗马国王

老贺拉斯 　　　罗马贵族

贺拉斯 　　　　老贺拉斯的儿子

居里亚斯 　　　阿尔巴贵族,卡米尔的未婚夫

瓦莱尔 　　　　罗马贵族,卡米尔的追求者

萨皮娜 　　　　贺拉斯的妻子,居里亚斯的姐姐

卡米尔 　　　　居里亚斯的未婚妻,贺拉斯的妹妹

朱　丽 　　　　罗马贵妇,萨皮娜和卡米尔的知友

弗拉维安 　　　阿尔巴的军人

普洛居尔 　　　罗马的军人

地点:罗马,贺拉斯家的客厅。

时间:罗马八十五年(公元前六六七年)。

第一幕

第一场

　　　　萨皮娜，朱丽

萨皮娜

　　别说我软弱，别怪我忧伤，

　　大难临头，这类感情属平常：

　　狂风暴雨扑面而来，

　　最坚定勇敢的心也会摇摆；

　　最果断、最不屈的人

　　做事也难免有欠审慎。

　　无情的警钟敲得我心乱如麻，

　　我一筹莫展，任凭泪珠抛洒。

　　私下里虽然对天暗暗叫苦，

　　至少没让真情在眼里流露。

　　把千种愁绪深藏在心头，

　　虽比不上男子，却胜过女流。

　　身处绝境而不哭泣，

　　也表现出女性的坚毅。

朱　丽

　　平庸的灵魂可能不胜负担，

一有危急便以为来了灾难；

高尚的心灵对软弱感到羞惭，

渺茫无望中也敢有所企盼。

两军人马在城下摆开，

但罗马人从来不懂失败。

不用害怕，而要心情欢畅；

罗马人打仗是为了拓土辟疆。

抛去无谓的忧念，

像罗马人那样许愿。

萨皮娜

我是罗马人，唉！既然贺拉斯生在罗马；

我嫁给他，也归依了这个国家；

若因婚姻而忘却故土，

岂不成了戴镣铐的下奴。

阿尔巴——我开始生命的家园，

阿尔巴——我热爱的祖国，我的初恋，

眼看我们两国兵刃相见，

无论胜与负都令我不寒而栗。

——罗马，要骂我忘了敌忾同仇，

你就该找我能恨的人做对头。

看到双方在城下云集，

一边有丈夫，一边有兄弟，

怎么还能为你的荣耀，

大逆不道地向上苍祈祷？

我知道你的国家正在创建，

没有战争不能巩固发展；

我知道你奋发有为鹏程万里，

会冲出拉丁民族所向无敌；

神答应你建立世界帝国，

展宏图只有依靠干戈。

这种高贵的热情是追随天命，

奔向伟大，我绝不敢生异心，

愿看到你的军队头戴桂冠，

踏着胜利的步伐跨过比利牛斯山。

率领你的军团深入东方；

又把军旗插在莱茵河旁；

让赫拉克勒斯山柱在你脚下震荡，①

但是，要尊重给你带来罗慕路斯的城邦。②

逆子，要记住，你的名字、城邦和权力，

都来自阿尔巴先王们的血。

阿尔巴是你的发祥地；做事要思量，

千万别把剑插进母亲的心房。

你勇武的手臂伸往其他地方，

---

① 根据希腊神话，大力神赫拉克勒斯游历到欧洲南端直布罗陀，以为到了世界尽头，不往下走。直布罗陀周围两座山卡尔卑和阿比拉，遂称为赫拉克勒斯山柱。
② 根据罗马神话传说，意大利中部阿尔伯朗格（阿尔巴的一位先王）的公主瑞亚·西尔维亚与农神（后来又作为战神膜拜）玛斯结合，生下孪生兄弟罗慕路斯与雷穆斯。后来两兄弟共同建立一座城市，并以罗慕路斯的名字命名，即意大利的罗马。建城后不久，罗慕路斯把雷穆斯杀死。

孩子的成功会令母亲心花怒放，

　　倘若你不再与她反目，

　　她将满怀喜悦地为你祝福。

朱　丽

　　这番话我听了实在奇怪，

　　自从两国战士严阵以待，

　　我看你对此满不在乎，

　　仿佛你生来就是罗马的家族；

　　我由衷钦佩你的贤德，

　　以夫家的利益为准则；

　　我对你的埋怨说这番安慰话，

　　像是我们的罗马使你受了惊吓。

萨皮娜

　　只要两国不兴师动众，

　　谁也无力把对方吞并，

　　只要和平的希望还能排遣愁思，

　　是的，我自诩是个罗马女子。

　　我看见罗马占上风便不乐意，

　　但立刻又会谴责这隐秘的心理。

　　当我看见罗马受挫，

　　暗中为兄弟幸灾乐祸，

　　便马上求理智不让此念萌生，

　　痛哭荣誉进入了他的家门。

但是今天，不是这个死，便是那个亡，

不是阿尔巴当家奴，便是罗马做俘虏，

血战以后，胜者再没有半点障碍，

败者也看不见一条生路；

倘若我还敢自称罗马人，

还敢求神保佑你们武运昌顺，

而不顾亲人的鲜血漫流，

我必是对国家怀有切骨之仇。

我要摆脱个人利害的维系，

不为阿尔巴、也不为罗马劳心计；

在这最后关头为两家忧伤，

将站在被命运压倒的一方。

战争前感情不偏不倚，

战争后共患难而不争荣誉；

这场惨祸中，我给失败的人

留下的是泪，给胜利的人留下的是恨。

朱　丽

面对相同的厄运，

不同的人心有不同的激情！

卡米尔的行为很不一样！

她是你的小姑，又是未来的弟媳，

至亲和爱情在阵前对敌，

她的态度与你有天壤之别。

你保持着罗马的精神气概，

她却患得患失，左右摇摆，

小冲突看成了大风暴，

谁占上风她都要气恼，

为失败者的不幸啼哭不停，

痛苦未尝有须臾的安宁。

但是昨天，当她知道定下了战期，

激烈的战斗即将开始，

她却突然喜形于色……

萨皮娜

啊！朱丽，我怕的就是难料的波折！

昨天她高高兴兴款待瓦莱尔；

她会因情敌离开弟弟；

为眼前的人动摇忠诚，

两年后又会厌弃不在眼前的人；

但是原谅我太重手足情，

对她的一举一动过于留神：

竟为一件琐事而疑窦丛生。

面临不幸，谁有心去找新人。

灵魂也很少受恋情的煎熬，

精神上也自有其他的苦恼；

但是却也不会像她那样

娓娓谈话而且喜气洋洋。

朱　丽

其中道理确实不明不白,

我当然也不去妄猜。

接待他,等候他,脸上毫无忧戚,

临危不乱须有相当的自制力,

要是喜眉笑脸就有些过分。

萨皮娜

瞧,事也凑巧,她来了。

不妨探探她的口气,

她喜欢你,想来不会闪避。

我走了。姑娘,你陪一下朱丽:

我惭愧在人前愁眉百结,

胸中失意事不知凡几,

找个无人处偷偷叹息。

第二场

卡米尔,朱丽

卡米尔

她不该留下我陪伴客人!

难道我的痛苦不及她深?

难道我对灾难没有感触,

说到伤心事不会哀哭?

这场横祸吓得我魂飞魄散,

如同她那样两头受磨难。

眼看着未婚夫——我的支柱——

不是为国捐躯，便要毁我城土。

眼看着心上人——这叫我痛苦——

不是让我悲哀，便是惹我憎恶。

唉！

朱　丽

她还是比你更值得怜悯：

情人可以重找，丈夫无法再生。

忘了居里亚斯，接受瓦莱尔吧：

你不用为事情的逆转而发抖，

一心跟着我们，心地自会坦然，

敌营的事也无从令你担忧。

卡米尔

对我的不幸可用真情安慰，

请不要出歪主意唆使我犯罪。

痛苦虽然几乎把我压倒，

我宁可忍受而不愿自找。

朱　丽

啊！你把合理的选择称为犯罪？

卡米尔

啊！你觉得不顾信义竟无所谓？

朱　丽

　　谁能约束我们对敌人讲信义？

卡米尔

　　谁能逼迫我们抛弃庄严的盟誓？

朱　丽

　　明白的事掩不住众人耳目，

　　昨天我看见瓦莱尔走进贵府；

　　你款待他百般殷勤，

　　引动他心中生了痴情。

卡米尔

　　昨天我款待他和颜悦色，

　　别认为是什么含情脉脉：

　　我的意中人是另一位，

　　你明白了就不会误会。

　　我对居里亚斯一片真情，

　　决不愿被人看成水性杨花。

　　你知道，一场美满的姻缘，

　　使哥哥与他的姐姐成了亲，

　　不久喜上加喜，父亲同意我

　　报答他纯洁的爱情。

　　那一天对我们是又悲又欢：

　　两家成了亲，两国却结了怨；

　　定亲与宣战发生在同一刹那，

希望刚萌芽便遭到了扼杀,

得到一切,随即又失去一切,

结为情侣又反目成为仇敌。

心中的怨恨没有个尽头!

指着老天喊出无数声诅咒!

眼睛下形成多少道泪的河流!

这些不用我说,你目击我们的分手;

你看到我日夜心烦意乱,

你知道我热情为和平许下怎样的心愿,

为每件事故哭得多么悲伤,

一会儿怕国亡,一会儿怕人丧。

终于,无法消除郁结的块垒,

绝望之下求助于神的教诲。

我昨天得到的神托,你听,

是否可以安慰我彷徨的心灵。

阿凡丁山下那位著名希腊人,

多少年来给世人指点前程。

阿波罗使他的话无不应验,

用诗句答应我转危为安:

　　日照城关景物非,

　　干戈已止愿不违。

　　多情长伴多情去,

从此风霜莫相摧。

我听了这条谶言再不惊慌,
况且结果超出期望,
欢欣之情真是不可名状,
比最幸福的情人更奋亢。
你想象我的激动,这时来了瓦莱尔,
他一反常态,不像平时那样碍眼儿。
他谈情说爱,不令人厌烦,
我不觉得是他坐在我对面;
我没向他表示冷淡与轻蔑,
是因为居里亚斯在我眼里,
听到的是他火热的言辞,
回答的也是对他的信誓。
两军约定今天大战,
我昨天知道消息,不放在心坎;
根本不信会有这样的灾难,
想的全是甜蜜的和平与姻缘。
沉沉黑夜吞没了迷人的幻想,
凶恶的朕兆,血腥的图像,
更有那层出不穷的屠杀暴行,
睡梦中吓得我胆战心惊。
我看到血与死,可事事都有头无尾;

鬼魂一露面，便逃得没处追；

这些幻影个个阴森飘忽，

先后扑过来令我毛发倒竖。

朱　丽

梦应该从反面去思量。

卡米尔

但愿如此，我也这样希望：

无奈种种祝愿，面临的

依然是战争，不是和平。

朱　丽

战争结束后会来和平。

卡米尔

要是非此不可，不如不战不和！

不是阿尔巴失败，便是罗马屈服，

我的情人，你今生别望娶上我；

做了罗马的主，或是罗马的奴，

永远、永远不可能做我的丈夫。

但是，这里又多了一个什么人？

是你，居里亚斯？不是我眼花了吧？

第三场

居里亚斯，卡米尔，朱丽

居里亚斯

没错，卡米尔，你看到的是我，

不是罗马的主,也不是罗马的奴。

不用担心我两手红红的,

戴上可耻的镣铐或沾满罗马人的鲜血。

我相信你热爱罗马,也热爱光荣,

会鄙薄我身系锁链,憎恨我头戴桂冠;

我同样怕在这紧要关头,

当凯旋者,或做阶下囚……

卡米尔

居里亚斯,其余不说我也明白,

战争会毁灭你的愿望,你要躲开。

你一心想我,怕失去我,

也就不思以身报国。

由人家怀疑你的荣誉感,

由人家指责你对我情意绵绵。

轻视你的决不是卡米尔,

她只会更爱多情的人儿;

祖国处处使你感怀,

为我离开更说明你的情爱。

但是,你是不是见到了我的父亲?

他能让你这样大胆躲在他家里?

他会为了小家而不顾国家?

会把女儿看得重于罗马?

总之,我们的幸福能不能长久?

>　他把你当做女婿还是视同寇仇？

居里亚斯

>　当做女婿，而且充满慈意，
>　这表明他心里十分欢喜。
>　他决不会见我，倘若我不忠，
>　不配踏进他的家门。
>　我绝不放弃自己城邦的利益，
>　我崇拜卡米尔，也热爱荣誉。
>　交战以来，大家看到我始终
>　是个尽职的公民、真心的情人。
>　私情和国仇我两不辜负：
>　一边为你叹息，一边为国战斗；
>　两国若执意兵戎相见，
>　我仍继续为国战斗，为你叹息。
>　是的，不管飘摇的灵魂怀有怎样的心曲，
>　战争一日不止，我一日不离军旅。
>　只有和平才让我在你家出入，
>　和平才使我们的心愿得到满足！

卡米尔

>　和平！如何叫人相信会有这样的奇迹！

朱　丽

>　卡米尔，这下可以相信神的话了吧，
>　给我们说说，是什么样的福祚

竟能够化干戈为玉帛。

居里亚斯

说了谁会相信？两国军队

都迫切作战斗准备，

怒目瞪视，豪迈走动，

只等一声令下便往前冲；

这时我们的狄克推多走到阵前，

要求你们的国王静听他发言；

他说："罗马人，我们在干吗？

是哪个恶魔煽动我们打仗？

让理智照亮我们的灵魂吧！

我们是邻居，儿女是亲家，

两国通婚形成了千丝万缕的关系，

哪家孩子不是彼此的亲戚？

我们住在两个城市，身上流一种血液，

兄弟之间为什么要彼此争斗，相互毁灭？

败者的死亡会带来胜者的衰微，

最美的桂冠也会沾满眼泪。

共同的敌人高兴地等待

我们两败俱伤，听任他们屠宰。

胜者也损兵折将，唯一的果实

是自己也成了孤军一支。

长期来他们庆幸两家内讧，

我们今后要合力对付他们,

小纠纷会挑动好武士变成坏亲戚,

我们把它们统统忘掉吧。

如果是为了称王争长,

让两军今天在阵前摆战场,

务求少流血去实现

我们的联合而不是离间。

为了共同事业,我们任命几名战士,

两国的祸福取决于他们的胜负;

命运一旦对他们做出决定,

败者向胜者俯首听命;

但不能让勇敢的武士受辱,

他们不当奴隶,仅做僚属,

不受气,不纳贡,他们的责任

只是在胜者麾下北剿南征。

这样两国就成为统一的帝国。"

这番话仿佛消除了彼此的隔阂,

每个士兵都抬头往敌营里瞅,

谁不认出一位表亲或一位朋友。

他们奇怪自己双手那么爱血腥,

竟没想到动手杀的都是至亲,

他们的脸上顿时出现

厌战的愁云、求和的意愿。

建议接受了，双方订了盟，
　　恪守条件建立久盼的和平；
　　一国选出三个人；但要找合适的人选，
　　领袖们表示需有充裕的时间；
　　你们的上了元老院，我们的留在营帐。

卡米尔

　　哦，天哪！听了这番话我的灵魂飞扬！

居里亚斯

　　最多两个小时，根据这一协定，
　　战士的命运将决定我们的命运。
　　闲等时，罗马人在我们兵营找熟人，
　　我们的人跑到罗马城内串门；
　　双方来往自由，
　　人人都去探亲访友。
　　热情使我跟你的兄弟走上同路，
　　我的愿望又顺利得到了满足，
　　给你生命的人答应我
　　明天跟你成亲的无比幸福。
　　他的权力，你会不会抗争？

卡米尔

　　听从父命是做女儿的责任。

居里亚斯

　　那就去接受这个甜蜜的命令，

没有什么比这更称我的心。

卡米尔

我随后就来找你，看看我的兄弟，

听他们叙述我们的苦难是如何结束的。

朱　丽

去吧，我要跪在祭台前，

为你们感谢神的恩典。

第二幕

第一场

贺拉斯,居里亚斯

居里亚斯

　　这样说来,罗马绝不愿器重别人,

　　认为他们难当这番大任。

　　这座高傲的城市心目中,

　　独有你们仨弟兄是超群的英雄。

　　一家人以盖世的气概,

　　向我们全国提出了挑战。

　　见了你们昆仲的轩昂器宇,

　　真是舍了贺拉斯,谁还是罗马的勇士!

　　这次点将原可光耀三户,

　　他们的姓氏也会流传千古;

　　而今,你家囊括了全部光荣,

　　自当使三位名声如日月行空;

　　我的姐姐有缘嫁到你家,

　　我又有幸娶你的妹妹,

　　现在和未来的双重亲谊,

　　都使我感到满心喜悦,

但有一件隐忧叫我不能尽欢,

陶醉的心也为之忐忑不安。

你们在战争中武功赫赫,

我担心阿尔巴吉少凶多。

跟你们交战,它必败无疑,

命运选上你们,表示对它的抛弃。

我看透其中险恶的用心,

已把自己看做是你们的臣民。

贺拉斯

只要看一眼谁选上谁留下,

你不会担心阿尔巴,而要惋惜罗马。

多少俊杰不选,偏选了庸才,

这次失策是国家的灾难。

罗马的好男儿何止千万,

比我们更能消除争端。

虽然沙场为我准备了葬身地,

此番荣任却使我充满豪气;

坚定的自信在心中滋长,

竭尽全力也当为国争光;

不论嫉妒的命运存下什么心,

我决不把自己看做你们的臣民。

罗马对我期望殷殷;我欣喜的灵魂

定要完成此任,不然便离开人生。

以死相搏的人很少被征服：

　　破釜沉舟的精神不易忘却。

　　罗马无论如何不会屈膝，

　　只要我不在失败中最后咽息。

居里亚斯

　　唉，就是这件事叫我难过。

　　国家与友情要做的事完全相左，

　　严酷的极端哪：眼看阿尔巴做奴隶，

　　还是杀害一个可爱的生命去夺取胜利；

　　我唯一跃跃欲试的大业，

　　却必须完成于你的最后咽息！

　　我能有什么祝愿？什么期望？

　　这两桩事都引起我的忧伤；

　　这两桩事都违反我的愿望。

贺拉斯

　　什么！我以身殉国引起你忧伤！

　　壮士向往的就是喋血疆场；

　　身后的哀荣绝不容泪水汪汪，

　　牺牲若有利于罗马和整个国家，

　　我会挺身而出，还要感谢造化。

居里亚斯

　　你的朋友还是担心发生这样的事，

　　你壮烈而死，留给他们的则是哀思；

你得到荣耀,他们心神飘摇,

你身后不朽,他们难解忧愁:

失去忠心朋友也即失去一切。

喏,看弗拉维安给我们带来什么消息。

第二场

贺拉斯,居里亚斯,弗拉维安

居里亚斯

阿尔巴的战士选定了吗?

弗拉维安

我就是来报告这件事的。

居里亚斯

好!哪三位?

弗拉维安

你和你的俩兄弟。

居里亚斯

谁?

弗拉维安

你和你的俩兄弟。

但是你为什么脸色阴郁,目光严厉?

你不愿意?

居里亚斯

不,这事出我意外;

没想到这重任会让我们承担。

弗拉维安

狄克推多派我来宣布命令,

我回去说你接旨时并不高兴?

这样丧气和冷淡也出我意外。

居里亚斯

对国王说,友谊、姻亲和爱情

都阻不住三位居里亚斯,

为国事去迎战三位贺拉斯。

弗拉维安

迎战他们!啊!这下我全懂了。

居里亚斯

就去回复吧,让我们安静会儿。

第三场

贺拉斯,居里亚斯

居里亚斯

从今,让天、让地、让地狱

集中一切愤怒向我们开火吧;

让人、让神、让魔鬼、让命运

动员全部力量跟我们交锋吧;

我愿意就这样赤手空拳

向命运、魔鬼、神和人挑战。

他们再残暴、再恶毒、再可怖,

也不及咱俩身上的荣誉残暴、恶毒、可怖!

贺拉斯

命运给我们打开荣誉的道路,

指出奉献忠诚的通途。

为了显示我们的价值,

竭力用灾难磨砺心志;

看见我们的灵魂不同凡俗,

人生的遭遇也仅有绝无。

救众人而与仇人为敌,

在阵前向陌生人出击,

这是平常人干的平常事,

古往今来完成的人如云如雨;

为国捐躯着实令人羡慕,

谁不踊跃去追求这样美好的归宿。

但是杀心爱的人去成全大义,

千方百计置另一个自己于死地;

无视郎舅与妹夫双重情谊,

把自己的一位亲家击毙;

恩断义绝,为国家拿起武器,

对抗一个愿以身相替的兄弟,

这样的肝胆唯我们才有。

有几人妒美名而愿以身相酬?

有几人能够心诚如许，

敢觊觎这千古美誉？

居里亚斯

是的，我们可能名传青史。

这天赐的良机不可忽视。

我们将体现一种罕见的德行，

但是你的坚定未免迹近野性。

即使慷慨之士也很少自豪

走上这样一条不朽之道。

这种浮誉不论如何虚夸，

默默无闻也胜过名满天下。

我敢说——你也看见——

我从不犹豫去履行职责，

多年的友谊、爱情和姻亲

未曾一刻动摇过我的丹心；

这次人选说明我见重于阿尔巴，

不亚于你受器重于罗马，

我会像你效忠罗马那样效忠阿尔巴；

我也有高尚的心，然而我毕竟是人。

我看到，你的荣誉要求我的血流完，

我的荣誉要求把你的胸膛刺穿，

娶妹妹的前夕，必须把哥哥杀死，

为了国家，人生路上布满荆棘。

我奔向责任毫不贪生畏难，

但是我的心打战，毛骨悚然；

尽管我毫无退却的愿望，

但内心忧伤，向阵亡的人

会投以羡慕的目光。

壮烈的使命不会使我动摇，却令我悲伤，

命运赐予我的爱，一旦被夺取也会叹息；

罗马若要求品德更加纯真，

我感谢神没让我做罗马人，

因为我心中尚保存些许情分。

贺拉斯

你不是罗马人，但不要比罗马人逊色，

你与我匹敌，就请不必装拙。

我引以为自豪的大德，

只许坚定，不许示弱；

上沙场刚迈出第一步，

没出息的频频回头看退路。

我们的不幸确也到了极点，

我不回避，也不毛骨悚然。

国家召我去不论讨伐谁，

我闭上眼睛愉快地追随。

这类任务所赋予的光荣，

应把其他感情消灭得无影无踪。

报国前还有其他牵挂,

履职时必然决心难下;

崇高神圣的权利摒弃一切礼俗,

罗马既选了我,我就义无反顾。

当初怀着满腔喜悦迎娶姐姐,

今天以同样的心情杀死兄弟。

多余的话不说也罢,

我不能再认你,因为你代表阿尔巴。

居里亚斯

我还认你,这使我心如刀割。

我没见过这种严酷的道德。

也像我们的不幸达到了极点,

我钦佩它,但不以此自勉。

贺拉斯

不,不,道德不可强劝,

既然你喜欢叹息抱怨,

尽管自由享受其中乐趣。

妹妹来了,你俩可以互诉衷情;

我去找你姐姐,要她坚定志气,

牢记自己总是我的妻子,

我若在你手下丧生,不要恨,

痛苦中仍做个罗马人。

第四场

居里亚斯，卡米尔

贺拉斯

居里亚斯的荣任，你听说了吗，

妹妹？

卡米尔

唉，我的命运变幻无常。

贺拉斯

要坚忍，要显出是我的妹妹；

他若杀了我而胜利归来，

不要当哥哥的凶手对待；

他是恪尽职守的勇士，

为国立功，能向大家表示

他品德崇高，跟你很般配。

只当我活着，快与他成亲。

倘若这支剑要了他的命，

对我的凯旋抱同样态度，

不要谴责我杀了你的未婚夫。

不要流泪，也不要叫苦，

且把满腹的委屈对他倾诉；

呼天抢地去诅咒命运；

但是比武以后，别再为死者伤魂。

（向居里亚斯）

我让你跟她待上片刻，

然后随我同去光荣召唤的地方。

第五场
居里亚斯，卡米尔

卡米尔

居里亚斯，你去吗？不顾我们的幸福，

欣然接受死亡的荣誉？

居里亚斯

唉！不论我做什么，我清楚，

总逃不出死于痛苦或屈辱。

我走向光荣的战场犹如前往刑场。

我千百遍咒骂众人的推崇，

万分痛恨阿尔巴的器重；

绝望的火焰烧得我心生恶念，

竟敢指斥天公，跟它争讼。

你我都是可怜人；但不去天理不容。

卡米尔

不，我了解你，你要我劝阻，

在国家面前竭力庇护。

谁都知道你屡建奇功，

对阿尔巴已尽职尽忠。

　　　　没有人在战争中比你出力大；

　　　　没有人在战场上比你杀敌多：

　　　　你的名声登峰造极，无以复加；

　　　　还是让别人壮志扬威去吧。

居里亚斯

　　　　光荣为我准备的不朽桂冠，

　　　　要我瞧着往别人头上戴；

　　　　要我听到全国上下把我恨，

　　　　不去战斗而听任国家败下阵；

　　　　为儿女情磨损了英雄志，

　　　　经百战后竟愿受此奇耻！

　　　　不，阿尔巴，我既然接受大任，

　　　　请你由我败，也由我胜。

　　　　我决不辱没命运的委托，

　　　　不是无愧地死去，便是磊落地活着。

卡米尔

　　　　什么！你看不到这是对我的背叛！

居里亚斯

　　　　属于你以前，我属于故国家园。

卡米尔

　　　　但是你要死一位郎舅，

　　　　姐姐死一位丈夫！

居里亚斯

　　　　这是我们命苦！

阿尔巴与罗马的任命使我难顾
郎舅与姐姐昔日温暖的情愫！

卡米尔

你这个狠心人，要提着他的首级
作为向我求婚的聘礼！

居里亚斯

不要这样去想！目前的一切
使我能做的，是不怀希望地爱着你，
你哭了，卡米尔？

卡米尔

我还能不伤心：
劝不醒的心上人在向我索命；
婚礼为我们点燃了花烛，
他举手扑灭，给我打开坟墓。
无心肝的人逼我走绝路，
说是爱我，其实是杀我。

居里亚斯

她一声声哭得我难置一词！
她一双泪眼逼得人不敢正视！
这惨状使我心酸！
竭力抗拒何尝是我的意愿。
莫再用悲痛把荣誉毁坏，
让我在哀声中保持自爱。

我觉得意志动摇，坚贞难保；
　　割不断情丝，便难为居里亚斯。
　　意志已经受了友谊的磨损，
　　如何还能把爱情和怜悯同时战胜？
　　走吧，不要再爱，不要再啼哭，
　　提防我在窘迫下言语恶毒；
　　怒火比柔情更加容易对付，
　　达此目的不惜把情意抛在半途，
　　听凭你对无情无义惩罚和报复。
　　你竟无视我出言不逊！
　　对无情人依然充满情分！
　　还能说什么呢？我收回当初的誓盟。
　　——冷酷的节操啊，我做了你的牺牲，
　　难道不犯罪就不能保持忠贞？

卡米尔
　　就犯这一次吧，我向神起誓，
　　不但不恨，反而更加爱得深；
　　你背信弃义，我仍然矢志不移，
　　别再去想兄弟残杀的事。
　　你与我为什么不同是罗马人？
　　我可以给你亲手编桂冠，
　　激励你，不让你两地心悬，
　　我可以待你像待哥哥一般。

唉！我今天许的愿正是胡说，

为他祝福岂不是给你招祸。

他来了；真是一发不可收拾，

倘若嫂嫂也不能用爱来劝止。

第六场

贺拉斯，萨皮娜，居里亚斯，卡米尔

居里亚斯

天哪！萨皮娜也来了！为了动摇我的心，

卡米尔还嫌少？要姐姐助阵？

你让她用眼泪打消我的勇气，

又带她来追求同样目的？

萨皮娜

不，不，弟弟；我来这里，

只是拥抱你们，向你们辞别。

两家世代勇武，你俩不会做懦夫，

让满门志士羞于为伍：

不管哪个因伤心而丧气，

我不认他是丈夫或兄弟。

我能不能要求你们做一件事。

唯有这样的丈夫和兄弟才敢一试。

为了高尚的格斗免遭神罚，

随之而来的光荣白璧无瑕，

这桩盛事不沾一点污迹；

总之，我要你俩做名副其实的仇敌。

你们神圣的纽带中，我是唯一的绳结：

一旦我不存在，你们可以陌路相待。

解除这个联姻，斩断这条锁链；

既然荣誉需要心中生毒恨，

我一死你们有权利交恶。

阿尔巴与罗马的需要，大家应该俯就，

一个把我杀死，一个为我复仇，

你们的纷争便可名正言顺；

至少一人可以提出正当挑战，

为妻子或为姐姐报仇雪冤。

倘为其他嫌隙动武，

岂不把莫大的光荣玷污！

报国的热忱不容许思绪纷纷，

无故无亲也显不出赤胆忠心，

杀掉姻亲就是要无恨无怨。

该做的事望你们当机立断；

要流血，先流姐姐的血，

要刺胸，先刺妻子的胸；

向亲爱的祖国举行血祭，

也先从萨皮娜做起。

两国争雄中你们是敌人，

你代表阿尔巴，你代表罗马，我则代表两家。
什么！要我留下来等待胜利，
看见丈夫或兄弟
耀武扬威从战场回来，
亲人的血还在桂冠上冒热气？
要我在你们之间心地恭顺，
尽姐姐和妻子的责任，
拥抱胜者的同时去哀悼失败的人？
不，这以前，萨皮娜要离开人间，
不论谁干，都可免去我这番忧愁；
拒绝代劳，只是逼我自己下手；
干吧，顾忌什么？狠心人，来吧，
我自有不强制你们动手的办法；
你们别想在战场上厮杀，
不见我身子往剑中央插；
无论如何，剑非得先砍在我身上，
才能刺进你们的心房。

贺拉斯

　　唔，贤妻！

居里亚斯

　　唔，姐姐！

卡米尔

　　勇敢！他们胆怯了。

萨皮娜

你们叹气了，你们脸变了。

怕什么？这就是阿尔巴和罗马

钦定为保卫者的勇士和英雄吗？

贺拉斯

萨皮娜，我做了什么？触犯了什么，

要你对我这样报复？

为什么对我的光荣怒恼？

还猛烈攻击我的德操？

你可以尽情地发泄怒气，

别阻碍我度过这伟大的日子。

你刚才陷我于狼狈处境，

要顾惜丈夫，不要任意欺凌。

走开吧，别再闹得我主见不定：

内心的犹豫已够叫我难为情。

让我在光荣中结束自己的生命。

萨皮娜

不用怕啦；救你命的人来了。

第七场

老贺拉斯，贺拉斯，居里亚斯，萨皮娜，卡米尔

老贺拉斯

怎么，孩子？听任感情的摆布，

跟着女人家时光虚度？

欲流身上血，还顾眼中泪？

跑吧，由她们去埋怨命运的邪祟。

哀诉最能打动男儿心坎，

她们的软弱会使你们优柔寡断，

免受这类进攻，只有溜之大吉。

萨皮娜

不用担心，他们无愧是你家后裔。

不管如何劝说，儿子与女婿

做的事就是合你心意。

我们的软弱动摇了他们的壮志，

你留在这里重鼓他们的勇气。

走吧，姑娘，走吧，哭也无益，

对付德高的人，眼泪不是锐利的武器。

伤心绝望才是我们该做的事。

勇士们，去杀；我们，去死。

第八场

老贺拉斯，贺拉斯，居里亚斯

贺拉斯

爸爸，拦住这些怒气冲冲的女人，

千万不能放她们出门。

儿女情会闹得风雨满城，

　　　　哭呀叫的扰乱我们上阵。

　　　　两家的亲谊必然引起指责，

　　　　说我们在玩拙劣的把戏：

　　　　若猜疑我们临阵会胆怯，

　　　　报国的荣誉一失恐不可再得。

老贺拉斯

　　　　我会留意的，去吧，兄弟等着你们，

　　　　千万不要忘记国家托付自己的重任。

居里亚斯

　　　　我怎样向你道别？怎样祝贺……

老贺拉斯

　　　　啊，事到如今，不要触动我的感情；

　　　　要给你鼓励我开口无言，

　　　　内心则翻腾愁绪万千；

　　　　这次分手，我心中何尝不伤怀，

　　　　尽你的责任，其余听神的安排。

第三幕

第一场
萨皮娜

萨皮娜

> 我的灵魂啊,在多舛的世途中拿定主意:
>
> 做居里亚斯的姐姐还是做贺拉斯的贤妻;
>
> 不再为两家无谓地忧虑,
>
> 多祝愿而少一点儿畏惧。
>
> 可是,左右不是的困境中拿什么主意?
>
> 到底把丈夫还是把兄弟视为仇敌?
>
> 夫妻情、手足谊都叫我难舍弃,
>
> 我钦佩两人俱为了国家大义。
>
> 把他们的崇高感情奉为圭臬,
>
> 不枉是这一人的贤妻、那一家的姐姐;
>
> 把他们的荣誉当做表率,
>
> 学习他们的坚定,不再积郁于怀。
>
> 他们面临的死是那么壮观,
>
> 等着他们的凶讯不要胆寒。
>
> 不要说天公是凶神恶煞,
>
> 想到的是为了事业,不是死于谁的手下;

见到胜利者，只想到他的成功

让全家人分享了光荣，

别去看流了哪家的血

才立了这家的烈烈功业。

把这家的利益作为自己的利益：

我是一家的女儿，一家的儿媳，

对两家的情谊同样的深沉，

不论谁告捷立功，总是我家人。

命啊，你的冷酷不论造成什么灾祸，

我自会从中得到快乐，

看到今天的战斗不心惊、

死者不绝望、胜者不寒凛。

——迷人的幻象，甘美的错觉，

灵魂徒然的挣扎，理智无力的觉悟，

虚假的闪光可以令我迷惑，

然而你在我心中竟一掠而过！

如在昏冥中雷电闪动，

白光过后留下黑夜更浓。

你照得我两眼明亮瞬间，

随即又陷我于漆黑一片。

害得我忘记痛苦，触犯了天条，

对我片刻的忘情不宽饶。

此时，兄弟与丈夫正在生死搏斗，

一下下都打在我忧愁的心头。

提起他们的死,不论我如何辩解,

想到的总是死于谁的手下,而不是为了事业,

看到的总是自家血,

而不是胜者的烈烈功业。

我的灵魂只与战败的一家共休戚:

我是一家的女儿,一家的儿媳,

对两家的情谊同样的深沉,

不论谁告捷,被杀的总是我家人。

这就是我那么祈求的和平吗?

慈悲的神,你们听到我的声音了吧!

你们赐的恩尚且那样残忍,

愤怒时更不知降下怎样的雷霆?

对待无辜者的哀告也如此凶狠,

有罪者更不知受何等的酷刑?

第二场

萨皮娜,朱丽

萨皮娜

结束了吗,朱丽?你带来了什么消息?

死的是我丈夫,还是我兄弟?

无法无天的剑谅已告捷,

是否把战士都赶尽杀绝?

嫉妒我沾胜者的荣光,

想来也要我陪伴败者心伤?

朱　丽

怎么!事情的经过你还蒙在鼓里?

萨皮娜

我蒙在鼓里有什么稀奇?

你不知道他们把这个家

当作卡米尔与我的监狱?

这是怕我们哭闹,朱丽,

不然我们早以身躯抵住他们的武器。

出于至情的悲痛,

必然令两边的人看了动容。

朱　丽

不需要这样动人心魄;

他们一露脸就使战斗夭折。

他们正摆好交手的架势,

双方阵营传出窃窃私语。

看到他们是挚友,又是至亲,

都为自己国家走进生死场,

有人感动,有人惊骇,

有人钦佩他们忠义堂堂;

有的把无双的德操比作青天高,

有的说这是渎神和残暴。

感情不同的人却异口同声，

责问他们的领袖，憎恶他们的选人；

都无法忍受野蛮的格斗，

高声喊叫，冲进场子，把他们拉在身后。

萨皮娜

天老爷！我要敬香，感谢成全了心愿。

朱　丽

萨皮娜，事情还没有这么圆满：

你可以宽心和希望；

但是依然有忧患需要提防。

大家徒然拉他们避开悲惨的命运；

这几位残酷的义士不肯依从：

为国出力的荣誉他们如此珍惜，

又如此满足他们的壮志，

大家认为是悲剧，他们认为是幸福，

反把众人的同情看成侮辱。

双方的骚动玷污他们的名声，

他们宁可跟整个军队交锋，

战死在用其他命令强制的人手中，

也没有一个愿意放弃这份光荣。

萨皮娜

什么！这些铁心人还是顽固不化！

朱　丽

是的，但是双方的人也不退让，

呼声同时从两边响起，

要求大打一场，或换上别的战士。

领袖出场也得不到尊重，

权力失效，说的话很少人赞同；

国王也吃惊，无可奈何地说：

"既然群情激昂，意见众多，

我们去问一声天神，

是不是允许我们换人，

神在祭仪中表明了意图，

还有哪个叛逆敢不服？"

他的话似乎有一种魔力，

六位战士也放下了武器。

荣誉的欲望使他们瞎了眼，

对神还是不敢有丝毫怠慢。

他们的忠勇在塔勒斯的意志前退却；

或是对王的尊敬，或是对神的疑惧，

两军一致把这番话看成法律，

仿佛塔勒斯已君临两国殿宇。

其余要等血食求神后才分晓。

萨皮娜

充满罪恶的厮杀，神一定会取消。

战事停了，我期待佳音，

开始看到希望的来临。

第三场

萨皮娜，卡米尔，朱丽

萨皮娜

  姑娘，告诉你一个好消息。

卡米尔

  既然称为好消息，我相信听说了；

  有人告诉父亲时我在一旁听，

  但是我不认为苦难有所减轻。

  拖延我们的痛苦会加剧他们的争斗，

  从而使我们的忧愁更持久；

  若有什么可以宽慰的事儿，

  也只是去哭我们该哭的人儿。

萨皮娜

  那样，神不会多此一举，造成众人呼吁。

卡米尔

  嫂嫂，应该说问神才是多此一举。

  启示塔勒斯选谁的就是这些神，

  黎民百姓的声音并不代表他们。

  他们很少降临下层，

  国王才是神的化身，

  他们心中独立而不可侵犯的权威，

  乃是神性的一道光辉。

朱　丽

　　在神托以外找寻他们的声音,

　　认为希望都早已化为泡影,

　　这是无缘无故自添烦恼,

　　也是不信任昨天的朕兆。

卡米尔

　　天意向来不可忖度,

　　以为猜中的人其实是错中错;

　　表面一目了然,内中玄妙莫测,

　　不要妄信会有美满的结果。

萨皮娜

　　对神的默示,我们应该放心,

　　抱适当的期望,盼美好的前景。

　　天有意施人恩泽,

　　不求的人很难获得;

　　有时不见降下雨露,

　　是人对天意的辜负。

卡米尔

　　在这些事上神自行其是,

　　决不会随我们的感情易志。

朱　丽

　　神是恐吓在先,宽恕在后,

　　再见啦,我去打听事情经过。

心要放宽，我希望回来

报告的尽是好消息。

不妨就趁今朝高高兴兴

准备你俩的快乐婚姻。

萨皮娜

这不算是奢望。

卡米尔

我不存非分之想。

朱　丽

结果会证明我们料得丝毫不爽。

第四场
萨皮娜，卡米尔

萨皮娜

恕我在忧患中还把你埋怨，

千万不应该这样心烦意乱；

处于我的困境，姑娘，你会做什么，

倘若你也有我那么多折磨？

倘若在他们决无生还的格斗中，

会遭受我这样的损失和悲痛？

卡米尔

谈到咱俩的悲痛要不忘分寸，

他人与自身总难相提并论；

仔细看吧，上天使我多么哀痛，

而你的哀痛只显得是一场梦。

贺拉斯的死才是你心上重负，

至于兄弟绝不能比拟丈夫；

嫁出门的女儿到了另一家，

对娘家就成了断枝的花。

亲谊不同了，感情也差异，

跟随丈夫就要与双亲别离。

但是佳期前夕，父亲聘定的夫婿，

亲谊不比丈夫，可也不少于兄弟；

我的感情总是徘徊于两家，

无从抉择，心猿意马。

嫂嫂，你长吁短叹，

至少知道盼的是什么，怕的是什么；

老天若执意给我们磨难，

在我更是有千事可怕而无一事可盼。

萨皮娜

当此一人要杀、一人要死的时刻，

说这样的话于情理难合。

姑娘，情谊虽然有异差，

进了婆家不会忘了娘家：

嫁了人也抹不掉深厚的天伦，

决不会爱丈夫而把兄弟恨。

任何时刻血缘是首要的感情,

决不会甘心去牺牲自家人的性命。

他们如同配偶,也是另一个自己,

为至亲的痛苦不分彼此。

情人令你心醉,热血沸腾,

说到头只是你一往情深;

闹一场脾气,生一点醋意,

都会扫空一时的沉迷。

用理智去克制儿女私情,

高于一切的是血亲:

有了感情的纽带而忘记

血缘的联系,就是犯罪。

老天若执意给我们磨难,

是我有千事可怕而无一事可盼;

你长吁短叹,责任使你明白

盼的是什么,怕的是什么。

卡米尔

嫂嫂,我看出你与爱情从来无缘,

不懂爱,也没有中过爱神的箭;

爱苗初生时可以铲除,

根深蒂固就无法摇撼,

父亲的承诺不容我们搪塞,

爱情做了名正言顺的主宰。

爱悄悄进来，但势如破竹；

灵魂一旦受到蛊惑，

就会感觉无力周旋，

既然它只遵从爱的意愿：

爱的锁链真是又美又难断。

第五场
老贺拉斯，萨皮娜，卡米尔

老贺拉斯

我给你们带来恼人的消息，

孩子；要瞒也瞒不住，

不久有人会向你们透露：

你们的兄弟打起来了，这是天意。

萨皮娜

说真的，这消息听了丧气；

我竟然没有料到神

会如此缺乏善意和公正。

不用安慰：对这不幸的逆转，

怜悯徒劳无益，理智惹人讨厌。

痛苦的结束全操在自己手中，

不怕死的人还怕什么吉和凶。

我们不难在大庭广众

掩饰绝望，装出虚伪的从容；

但是软弱并不意味气短的时候,

硬充好汉才显得浅陋;

男人尽可玩弄这门艺术,

我们要保持女性的面目。

我们不要求铁铮铮的男子汉,

学女人腔调叫苦连天。

听到死亡警报不要颤抖,

看到我们哭泣也无须泪流;

总之,求求你们,家遭不幸,

尽可无动于衷,但别不让我们伤心。

老贺拉斯

你们伤心我哪里会责备,

自己也把辛酸强忍心内。

我若有同样的利害关系,

也经不住这沉重打击:

你家兄弟为阿尔巴上阵,我不恨,

他们三个依然是我心爱的人;

但是友情终究是友情,

它比不得爱情与血亲;

萨皮娜是姐姐,卡米尔是未婚妻,

我感觉不到她们的深切情意:

我还能把这三个人当作敌人,

无挂虑地望孩子旗开得胜。

谢谢老天,他们对国忠心耿耿,

在惊慌声中也未曾忘却光荣;

拒绝了双方的同情,

更使他们声誉大增。

若是出于懦弱去乞求,

若是低三下四去俯就,

我的手决不轻易饶恕

软骨头给家门造成的耻辱。

既然众人提出要求更换,

我不隐瞒跟你们同一心愿。

上天若见怜听一听我的呼声,

阿尔巴就会选出别的人;

过一会儿贺拉斯兄弟凯旋班师,

臂上沾的血就不是流自居里亚斯。

罗马人的崇高荣誉

会在更人道的战斗中夺取。

神的睿智有不同主张,

我也顺天意不作他想;

国家需要时义不容辞,

视众人的幸福为自己的乐事。

望你们也律己驱除愁闷,

不要忘自己是罗马人。

你嫁来罗马,你生在罗马,

光荣的身份是传世的家珍。

那一天终会到来:普天下,

闻罗马的威名如霹雳雷鸣,

全世界在罗马法律下战战兢兢,

异邦国王对罗马无不仰望:

这一切也全都是承天运昌。

第六场
老贺拉斯,萨皮娜,卡米尔,朱丽

老贺拉斯

朱丽,你给我们报捷来的吧?

朱 丽

不,我来报告的是战斗的噩耗。

罗马败给了阿尔巴,你的孩子输了;

三个人中死了两个,只有她丈夫给你留着。

老贺拉斯

啊,痛苦的战斗,又落得个悲惨的结局!

罗马败给了阿尔巴!为了山河不变色,

他竟然没有流尽最后一滴血!

不,不,不会的,你弄错了,朱丽;

罗马决不会败,要不我的儿子准是死了:

我了解我的骨肉,他懂得他的职责。

朱 丽

成千人和我都从围墙上看到了。

>哥哥倒地以前他勇敢非凡；
>
>眼看着要以一挡三，
>
>没等包围，他脱身把性命保全。

老贺拉斯

>我们的士兵没把这逆贼宰了？
>
>竟让懦夫从行列中鼠窜逃脱？

朱　丽

>失败后我也无心往下看。

卡米尔

>兄弟啊！

老贺拉斯

>慢，别给我三个都哭：
>
>那两个的命运叫父亲羡慕。
>
>他们的坟墓将是一堆花团锦簇，
>
>这死后的哀荣抵消我丧子的悲痛。
>
>永不为奴的勇士才有这样的造化，
>
>一生看到的罗马是自由的罗马，
>
>只听命于自己的君王，
>
>从不沦作邻国的臣邦。
>
>要哭的是另一个。哭无耻的溃逃
>
>留在我们额上的烙印永不失掉，
>
>哭整个民族身上的污垢，
>
>哭贺拉斯门中的万年遗臭。

朱　丽

　　你要他怎样对付三个人？

老贺拉斯

　　他可以死战！

　　可以依仗壮烈的挣扎。

　　把失败推迟一刻，

　　罗马也可迟一刻沦落；

　　虽撒下我满头白发，却不失英雄本色，

　　这值得付出生命的代价。

　　全身热血应当献给祖国，

　　吝惜一滴是对荣名的亵渎。

　　干出这等丑事他竟然不死，

　　我片刻也无颜与他同见天日。

　　我要把他结果，胸中的义愤

　　让我用父权对付不肖畜生，

　　当众表示严厉的膺惩

　　是对他的行为作出的响亮否认。

萨皮娜

　　别这样慷慨激昂，

　　不要使我们完全绝望。

老贺拉斯

　　萨皮娜，在你是天从人愿，

　　我家的悲哀打动不了你的心坎。

你也不用分担我的苦难,

上天保佑你的丈夫和兄弟平安,

我们又做了你国的藩属,

你的兄弟是征服者,我们都成了亡国奴。

看到他们的美名直上九霄云,

我们的羞辱不会在你眼中。

但对无耻的丈夫过于偏袒,

不久会叫你跟我们一样抱憾。

求情的眼泪无济于事,

我凭天神的至高威力发誓,

日落前,这双手,我这双手,

将用鲜血给罗马人洗去污垢。

萨皮娜

快快跟着他,他雷霆大发。

天哪!几时能摆脱骨肉残杀?

几时不用愁一阵阵风急雨骤,

窥见亲人的手,心不索索地抖。

第四幕

第一场

老贺拉斯，卡米尔

老贺拉斯

不要向我替无耻之徒求饶，

让他见我像见内弟望风而逃；

他宝贵的血要那么珍惜，

何不当我的面贪生怕死。

萨皮娜去了结这件事，不然我将以

神赋予的至高权力……

卡米尔

啊！爸爸，压一压心头怒火；

你看吧，罗马的态度也较温和，

不论天降下什么灾难，

会体谅哥哥力量孤单……

老贺拉斯

罗马的看法我不管它，

卡米尔；我是父亲，我有家法。

我只知道好汉的作为，

人多势众下志节不坠；

英雄气概保持始终，

决不在汹汹顽敌前甘拜下风。

别提了，听瓦莱尔要说些什么。

第二场
老贺拉斯，瓦莱尔，卡米尔

瓦莱尔

领了王上的旨意，去抚慰一位父亲，

向他表达……

老贺拉斯

不用劳驾了：

我需要的不是安慰；

我宁可看到他们死于敌手，

不用在人间抬不起头。

两个都是为国家光荣捐躯，

我于愿已足。

瓦莱尔

另一个更是大家的洪福；

他在家该占三个人的位子。

老贺拉斯

没见他叫贺拉斯一家人丢脸！

瓦莱尔

只有你还对他这样苛求。

老贺拉斯

　　也只有我可罚他犯下大罪。

瓦莱尔

　　他作战英勇，犯下什么大罪？

老贺拉斯

　　阵上溃逃还谈什么英勇？

瓦莱尔

　　正因为跑了才赢得光荣。

老贺拉斯

　　这番话更说得我无地自容；

　　在逃跑中找寻光荣的道路，

　　确实稀罕，值得大书特书。

瓦莱尔

　　他保全我们度过灾祸，

　　给罗马保全了胜利与帝国，

　　有这样的儿子竟说无地自容？

　　做父亲的还企望什么更大的光荣？

老贺拉斯

　　今后在阿尔巴治下偷生苟活，

　　谈什么光荣、胜利与帝国？

瓦莱尔

　　为什么现在还谈阿尔巴与它的胜利？

　　你难道没听说战斗的结局？

老贺拉斯

　　我知道,他溃逃背叛了祖国。

瓦莱尔

　　他确是跑开后才把战斗了结;

　　大家不久看出他是在用计,

　　才使罗马从失败走向胜利。

老贺拉斯

　　什么,罗马胜了?

瓦莱尔

　　听我说,听我说,

　　被你错怪了的儿子的战果。

　　——剩下他面对三个人,在这危急时分,

　　对方都受了伤,他还毫发无损,

　　以寡敌众不够力量,捉对厮打仍能逞强,

　　他知道如何摆脱九死一生的境地:

　　为了更好施展,他便往外跑,

　　情急生智诱三兄弟中了圈套。

　　紧赶的步子有快也有慢,

　　只因是伤势有轻也有重;

　　追敌的勇气虽然不相让,

　　不同的创伤却使速度不一样。

　　贺拉斯见三个人前后不连接,

　　猛转身,气势压敌人矮了半截。

第一个奔来的是你家女婿,
见贺拉斯敢于迎战来了气,
奈何他流血过多动作慢腾腾,
反而使对方愈杀愈威风。
轮到阿尔巴人担心失败的命运,
高呼第二个人去救他的弟兄,
他迈动两腿,使尽全力也于事无补,
赶到时,兄弟已一命呜呼。

卡米尔

哎呀!

瓦莱尔

他气喘吁吁还是追了上来,
一会儿贺拉斯又攻克一关;
有勇无力的人终是难持久,
要报仇反成了兄弟身旁的尸首。
四周的喊声响彻云霄:
罗马人的喝彩声与阿尔巴人的哀叫。
我们的英雄眼见胜利在握,
意气风发地说:
"刚才杀两人是祭兄长的亡魂,
最后一个敌人由我手刃,
把它奉献给罗马。"
只见他飞身扑打,

一交手便分出谁弱谁强，

　　　阿尔巴人遍身创伤，步子踉跄，

　　　像走上祭台的石阶殉葬，

　　　伸出咽喉往致命的剑口上撞：

　　　插剑时他几乎没作抵抗，

　　　他的灭亡确立了罗马的兴旺。

老贺拉斯

　　　啊，我的孩子，我的欢乐，我生命的荣耀！

　　　社稷将倾，全赖你一手擎！

　　　你无愧于罗马美德！不枉是贺拉斯之子！

　　　国家的支柱，民族的光荣！

　　　我偏信流言恨不能把你命除，

　　　何时能拥抱你求得宽恕？

　　　何时能用欣慰的泪水温情地润泽

　　　你凯旋者的前额？

瓦莱尔

　　　你马上可以倾诉情怀，

　　　王上待会儿送他回来。

　　　为了对这场不世之功大庆，

　　　隆重的祭祀延至明天举行。

　　　今天在神前的仪式从简，

　　　唱几支凯歌，许几条心愿。

　　　王上带他往庙堂去了，先差我

　　　向你表示慰问和祝贺；

传谕尚不够表达王上的心意，

　　他要亲自来，可能就在今天。

　　他认为若不亲口向你表示，

　　若不在府上亲自褒扬奇功，

　　就不足以嘉奖你家一片忠贞。

老贺拉斯

　　对我来说，确实君恩浩荡，

　　一个儿子的功劳，两个儿子的殉身，

　　由大臣传旨我已经受之有愧了。

瓦莱尔

　　权杖夺自敌人手中，

　　王上懂得这是奇功要加殊荣；

　　他认为，他乐于赐你的这种光荣，

　　也难抵得上你父子的功勋。

　　我会向王上奏述，你年高德劭

　　一言一行充满了崇高情操，

　　还有你对陛下的耿耿忠心。

老贺拉斯

　　蒙阁下抬举感激不尽。

第三场

老贺拉斯，卡米尔

老贺拉斯

　　女儿啊，这时候不用再哭哭啼啼，

哪里能见我家这般光耀门第；

带来的是万姓的欢乐，

就不该为一家的伤亡而泪落。

一切如愿，罗马赢了阿尔巴；

所有不幸对我们都是轻微的代价。

对你只是少了个未婚夫，

此事在罗马不难弥补；

有了这场胜利，哪个罗马人

不把向你求婚引以为荣。

我应该向萨皮娜报告消息，

对她肯定是一个沉重打击，

三兄弟死在丈夫手里，

要痛哭也比你有道理；

我希望这场风暴迅速平息，

我言语谨慎，她又深明大义，

立刻会使她这颗高尚的心，

又对凯旋者满怀慷慨的热情。

你不要这样窝囊难过；

他来了，打起精神迎接，

表示出你还是他的妹妹，是上天使你们

出自同一个娘胎，流着同一种血液。

第四场

卡米尔

卡米尔

  是的,我会毫不含糊向他表示,

  真正的爱情敢于跟命运对峙,

  在残酷的暴君前决不低首下心,

  是灾星才使我和他们是一家人。

  你怒斥我的痛苦吧,你称它为窝囊吧;

  痛苦愈叫你——无情的父亲——生气,

  便愈叫我欢喜;我运乖命歧,

  理应让自己的痛苦一泄无遗。

  谁有过这种遭逢,

  转眼间出现这么多面目不同的厄运?

  这么多次和善,这么多次奸邪,

  这么多次给人打击后才让人死绝?

  谁见过灵魂一天内体验

  更多的欢乐与痛苦,更多的希望与恐怖,

  经受更多的起伏颠簸,

  遇上更多的曲折转舵?

  听到喜卦安下心,梦见凶兆慌了神,

  战争的惊魂又受到和平的温存;

  正准备完婚,这时候

选上未婚夫去和兄弟对阵；
这事陷我于绝望，引众人起反感，
总以为战局难成，不料是天意使然，
罗马眼看败下阵，三个阿尔巴人中
唯有居里亚斯的手未被我家的血染红。
天哪！罗马失利、两兄弟身死时，
是我悲痛不够深切？
爱他清白，盼我俩后会有期时，
是我过分沾沾自喜？
他的阵亡，以及我闻讯时失魂落魄，
乃是上天惩治我的罪过：
报信的人是他的情敌，当着我的面
还把可悲的胜利作了一番可恶的渲染。
我个人的悲剧要比众人的幸福
还使他眉飞色舞；
他人的祸灾使他异想天开，
仿佛像他哥哥一样把人打败。
今后的事还更难容忍：
要我在哭丧日表现兴奋，
要我对胜利者的功绩发出欢声，
要我捧起那只刺穿我心的手亲吻。
理应摧人心肝的惨事中，
哀伤成了耻辱，悲叹成了罪恶；

他们暴虐的品德迫使大家装笑容,

谁不手辣心狠,谁不是豪杰英雄。

——我的心,做圣贤爸爸的不肖女儿吧,

做好汉哥哥的无德妹妹吧:

蛮横暴戾成为亮节高风,

被人看做孬种也不无光荣。

爆发吧,痛苦;为什么要压在心里?

一切都失去了,还有什么可怕的?

对残忍的胜利者不用顾忌;

非但不回避,见了面要大大发泄;

辱骂他的胜利,刺激他的怒气,

就要以他的不乐为乐事,

他来了;让他看看吧,

死了未婚夫的女子会做出些什么。

第五场

贺拉斯,卡米尔,普洛居尔

(普洛居尔手捧居里亚斯兄弟的三支剑)

贺拉斯

妹妹,看这条胳臂,是它替兄长报了仇,

是它挡住了接连而来的祸忧,

是它使阿尔巴低下头,看,是这条胳臂

今天独自决定了两国的今后;

看这些荣誉的标志,看我立功的见证,

见我胜利凯旋,说一说你的感情。

卡米尔

请接受我的眼泪,这是我对凯旋的献礼。

贺拉斯

有了这番伟业,罗马要的不是眼泪,

两位哥哥虽不幸死于剑下,

敌人也付出了血的代价:

仇已报耻已雪,死者的遗恨也可消除。

卡米尔

既然敌人的血已作了抵偿,

我不必为他们愁眉不展,

不必把他们的不幸惦念;

但是谁替我的情人复仇,

让我不把他的死耿耿记心头?

贺拉斯

你哭丧着脸说些什么?

卡米尔

亲爱的居里亚斯!

贺拉斯

没羞没脸的妹妹真是胆大包天!

一个败在我手下的公敌,

你口不离他的姓名,心不忘他的爱情!

邪恶的热情煽动你要复仇！
口中要求，心里必存这类图谋！
痴情必须克制，恶念必须摒除，
别叫我羞于听到你声声哭诉；
你的情焰从此应该扑灭，
占据你灵魂的该是我的战绩，
这才是你今后唯一慰藉。

卡米尔

你把我看成你一样的蛇蝎；
若要我向你袒露内心，
还我居里亚斯，或由我抒发感情；
我的苦乐取决于他的祸福，
他生前叫我崇拜，死后令我痛哭。
别想再见你离家前的妹子；
我只是一个遭凌辱的恋人，
像愤怒的幽灵对你步步窥伺，
一刻不停谴责你把他害死。
噬血的猛虎，不许我流泪，
要我对他的死表示陶醉，
要我把你的功绩捧上天，
由我自己来杀死他第二遍！
但愿种种祸灾伴随你的余生，
终使你受人唾弃，反把我嫉恨！

>   但愿你干下丑事,不久把你本性狠毒
>
>   而认为了不起的光荣玷污!

贺拉斯

>   天哪!谁见过这般疯狂的怒火!
>
>   你以为我听了毒骂会麻木不仁,
>
>   受了奇耻大辱会往心里忍?
>
>   爱吧,爱那个死了使我们幸福的人吧,
>
>   至少不要让你的私情超出
>
>   你作为罗马人对罗马的义务。

卡米尔

>   罗马,我不共戴天的仇家!
>
>   罗马,你为它把我的情人杀!
>
>   罗马,你的故乡,你的偶像!
>
>   罗马,我恨它把你的名声远扬!
>
>   但愿四邻城邦协力同谋,
>
>   推倒它摇摇欲坠的城楼!
>
>   要是全意大利的力量还不够,
>
>   但愿东方和西方合力跟它斗;
>
>   但愿全世界的民族联兵,
>
>   跨海越岭把它一举扫平!
>
>   但愿它的城墙高高压在自己胸膛,
>
>   双手撕裂自己的六腑五脏;
>
>   但愿我的祈告激起天怒,

烈焰狂火像瀑布往下落！

但愿我目睹天空降下霹雳，

它的宫殿灰飞，你的功绩烟灭，

最后一个罗马人吐出最后一口咽息，

我死也甘心，要是能造成这场浩劫！

贺拉斯

（伸手拔剑，妹妹逃，贺拉斯追）

太放肆了，我忍无可忍，要负起责任，

进地狱去哀悼你的居里亚斯吧。

卡米尔

（幕后受诛）

啊，恶人！

贺拉斯

（回到台前）

谁敢为罗马的敌人声泪俱下，

就一定遭到眼前的惩罚！

第六场

贺拉斯，普洛居尔

普洛居尔

你刚才做了什么？

贺拉斯

仗义执法；

犯这样的大罪就要受这样的重罚。

普洛居尔

你不应该对她杀无赦。

贺拉斯

不要说什么她是我的妹妹亲骨肉。

咒骂祖国的人也背弃了自己的家，

父亲决不可能再认她；

她把最亲的人当作仇人，

再无福享有这么亲的情分；

她的罪过使全家切齿，

制裁也宜快不宜迟；

这类恶念虽还成不了祸害，

也是一出世应该扼死的妖怪。

第七场

贺拉斯，萨皮娜，普洛居尔

萨皮娜

凛冽的怒火怎么不发啦？

妹妹死在父亲怀里，去看看吧；

断肠的景象可以饱一你的眼福。

伸张正义的劲儿还愁无用处，

请杀了居里亚斯门中的孤雏，

再祭忠贞的贺拉斯心爱的祖国。

自家人的血如此大方，他家人的血更不用吝啬；

　　让妻子萨皮娜去追随妹子卡米尔吧；

　　我与她苦难相同，罪恶无异，

　　都是为自己的兄弟悲恸叹息，

　　你严厉的家法更可使我罪加一等，

　　她哭一个人，我却哭三个人，

　　她遭到惩罚，我还在倒行逆施。

贺拉斯

　　萨皮娜，擦干泪迹，要不别让我看见。

　　努力做我贤惠的内人，

　　莫用错误的怜悯乱我方寸。

　　伉俪情谊若有绝对权力

　　要咱们两人同心同德，

　　该用我的情感做你楷模，

　　不以你的私念令我志惑。

　　我爱你，我理解你心头的折磨；

　　仰仗我的道德去克服你的懦弱，

　　分享我的光荣，不辱没我的声望，

　　要给我家门增辉，莫使我脸上无光。

　　你死死要与我的荣誉为敌，

　　非得要陷我于不义？

　　做妻子更重于做姐姐，以我的行为

　　当做不可动摇的准则。

萨皮娜

去找更贤惠的人奉你为楷模,
兄弟零落我不说是你的过错,
我胸中翻腾的也是人之常情,
我怪命运,不怪你的报国心;
若学罗马情操就讲不得人道,
我宁可把罗马情操远抛;
我没法自视为凯旋者的贤妻,
而不思是失败者的苦姐姐。
要我们上街参加万民欢庆,
让我们关起门哭一家不幸,
看到了自身的忧愁,
别再絮叨大众的利谋。
为什么你这狠心人做事异乖?
进来时可把桂冠留在门外;
跟我一起抱头痛哭。怎么!懦夫的言辞
激不起你的正义感来结束我的苦日子?
双倍的罪恶扇不旺你的怒火?
卡米尔真幸福!她刺痛了你,
从你那里得到了盼望的东西,
在九泉下与失去的人团聚。
亲爱的丈夫,我苦难的元凶,
不发凛冽之火,也该动恻隐之心,

苦难到此地步，再做下面一件事：

责罚我的懦弱，或者结束我的痛苦；

我要求死，不管作为恩赐还是惩处；

不管出于爱还是制裁，

好吧：无论怎样死都是甘露，

如果下手的人是我的丈夫。

贺拉斯

神多么不公平，竟使英雄的胸襟

难以摆脱女子的柔情，

竟使弱者的羁绊

紧紧束缚壮士的心胆！

往日的勇气去了哪里？

唯有逃离才不致情依依。

走了，不要跟来，否则就别唉声叹气。

萨皮娜

（单独一人）

怒火！怜悯！都对我的愿望装聋作哑，

你们漠视我的罪恶，讨厌我的痛苦，

我盼不到恩赐，也得不到惩处！

让我用热泪再作一番努力，

不得已靠自己把一生了结。

第五幕

第一场

老贺拉斯,贺拉斯

老贺拉斯

把这令人伤心的尸体往外搬,

来这里赞美上天的审判。

我们居功自傲,上天知道收敛

我们不可一世的气焰;

至纯的欢乐也掺有苦汁,

世人的美德总不免瑕疵,

我们的雄心也很难

得到完美无缺的实现。

我不可怜卡米尔:她有罪;

可怜的是我,还有你。

我名下出了个罗马的不肖女儿,

你则让她的死玷污了双手。

她死得不算冤屈与仓促,

但是,孩子,你可以不取此辱;

尽管她罪不容诛,

还是不宜你做主剪除。

贺拉斯

　　我的生死全由你,这是天赋的权利;

　　我相信偿命也应在我的出生地。

　　倘若你看我的热忱有损大德,

　　我就应该受到终生的谴责,

　　我干下了丑行,亵渎了神明,

　　你一言便可结束我的生命。

　　不要顾惜我的血,既然我的卑怯

　　一下子玷污了它的纯洁。

　　我不饶过手足间的罪恶,

　　你也不容忍家门中的耻辱。

　　使荣誉受到戕害的行为,

　　你这样的父亲必然不会隐讳。

　　理屈的事情要排斥父爱,

　　文过饰非者也不清白,

　　对不赞同的事不闻不问,

　　也即是漠视自身的光荣。

老贺拉斯

　　严父并不总是严正无私,

　　为宽容自己经常也宽容孩子,

　　年老了把他们作为依傍,

　　不罚他们是怕自伤。

　　同样对你,我俩有不同看法,

我知道……但是国王来了，我看到他的卫队。

第二场

塔勒斯，瓦莱尔，老贺拉斯，贺拉斯，国王卫队

老贺拉斯

啊！陛下，臣不敢担待如此厚爱，

寒舍哪里是我朝见王上的地方：

我躬身……

塔勒斯

不，请起，我的老臣，

我只是尽一位明主的本分。

为国家建立伟业丰功，

理应得到无上的殊荣。

（指瓦莱尔）

我通过他答应要来，

也就不愿意多等待。

他向我报告——不出我的预料——

你怎样对待儿子的去世，

既然你矢志不移，

也不需我赘言勉励。

但是我又听说胜利凯旋的儿子，

又遇上了意外的不幸事，

对国家的爱过于炽烈，

使他把父亲的独生女诛戮。

　　对最刚强的人也必是严酷的打击，

　　不知你如何忍受这次死别。

老贺拉斯

　　陛下，靠的是节哀与坚忍。

塔勒斯

　　这是你平生的涵养深。

　　许多年长阅广的人都懂得

　　大福会招来横祸；

　　然而很少人像你身体力行，

　　能以大义节制私情。

　　你听了我的劝诲，

　　若在哀痛中有所宽慰，

　　请相信，我的同情跟你的不幸同样深，

　　对你的体恤也不亚于对你的尊崇。

瓦莱尔

　　陛下，既然国王承天之命，

　　握有秉公执法的权力，

　　君主应民之望，

　　担负彰善瘅恶的职责，

　　请容许一位尽职的臣子禀告，

　　陛下对该罚的事情过于宽饶。

　　请容许……

老贺拉斯

　　什么！把功臣送上刑场？

塔勒斯

　　让他往下说，我自有主张。

　　我无时无地不为大家秉公执法，

　　国王以此才成为半神。

　　可叹他立功后才回还，

　　竟授人话柄要求我明断。

瓦莱尔

　　请容许，伟大的国王，公正的国王，

　　正直的人借我的口告状。

　　我们愤愤不平，不是嫉妒他受赏犒，

　　这是他理应所得，因立下汗马功劳；

　　陛下尽可晋升加封，

　　我们还乐意促成。

　　但是，他既然把人残杀，

　　能作为胜者凯旋，也该作为罪人伏法。

　　当人主须扑灭他的凶焰，

　　拯救罗马生灵免遭涂炭，

　　这关系到国家的安危。

　　太平时期那么多人家联姻，

　　比邻人民个个沾亲带故；

　　战争中流那么多血，遭那么多殃，

很少罗马人不为对方

死一个女婿、少一个亲戚而心伤；

万民的欢庆中不为自家

遇到的不幸而泪流脸颊。

如果这是侮辱罗马，如果他自恃功大，

可对我们含泪犯下的罪过任意处罚，

谁能逃过这位煞星的罗网，

既然他连妹妹的命也不放，

既然他丝毫不肯原谅

未婚夫死别引起的断肠？

她盼着喜烛高烧，

得到的却是希望连人都去了阴曹。

他使罗马胜利，却恣意逞私欲，

生杀大权都在他的手中掌握，

我们有罪的生命如何发落，

全看他个人的好恶。

为了罗马的利益，我再要说，

此事决不是男子汉所做；

这条雄臂建立的功绩①，

我要求抬至驾前展示。

一位玉人发泄一时激愤，

---

① 此处指卡米尔的尸体。

热血溅上了凶神哥哥的面孔；

眼前的惨事无法理喻，

她的妙龄美貌也会引起歆歠，

但是我痛恨这类矫揉造作。

祭神的仪式就在明天；

神专为无辜者申冤，

会从同室操戈的人手里接受香烟？

亵渎神明的罪会落到陛下身上；

他无非是神憎恨的对象，

三次战斗中，不用说，

是对罗马命运之神的仰仗，

既然这些神使他创造了胜利，

又立刻让他玷污了荣誉，

让勇士做这一番壮举，

在同一天凯旋和死去。

陛下，这才是圣明的决断。

同室操戈的罗马人第一个在这里出现，

后果不堪设想，天怒也需戒鉴；

救我们不遭毒手，望陛下不受天谴。

塔勒斯

贺拉斯，你申辩吧。

贺拉斯

我申辩什么？

事情经过也全明白了；
国王的决断对我就是法律。
——陛下，圣旨谁能抗拒；
在王上眼里逃不过责任，
无辜者往往也成为有罪人。
在圣驾前自辩，这是犯上，
我们生死全归他执掌；
他决定要剥夺谁的生命，
我们就该相信必有正当原因。
宣判吧，陛下，我无不服从；
他人害怕死，我却憎恨生。
瓦莱尔爱妹妹而对哥哥指摘，
我决不责怪他的热诚：
今天我与他心愿不矛盾；
他要我早亡，我也无意偷生。
两人只是有以下不同：
我从中寻求荣誉的保证；
在他，巴望以此叫我身败名裂，
在我，愿求一死保全名节。
从一件事，陛下，不易辨别
一个人的高风亮节。
道德也随时势发挥力量，
在旁人眼中作用也有弱有强。

老百姓遇事只重外表,

看效果而判断低下与崇高。

他们对有德的人予取予求,

奇迹创造一次,就要创造不休;

立下了圆满、显赫、辉煌的功劳,

做事略少光彩就不孚众望;

他们要求人不论时与地一成不变,

决不去想是否可做得更为妥善,

也不理会没有能够再建奇功,

不是忘了德行,而是机会不逢。

不公正使有志之士意懒心灰;

后事不继也使前事尽非,

若要超群的名声保持不衰,

就应该什么事都不干。

——我决不敢以自己的功劳自负;

陛下曾看见我三场战斗;

类似的战役恐怕不会再有,

相当的良机也可遇而不可求,

遭此打击我鼓不起勇气

再建立毫不逊色的业绩。

因而,要使英名不灭,

唯赖今天与生命告别。

我本该获胜后立即谢世,

既然岁月反令我荣誉见损。

我这样的人物遭非议，

需看作是名声的污迹。

我的手懂得如何防范，

没有恩准不敢自断；

生死全凭君王主张，

擅自诛戮是越分凌上。

罗马多的是忠勇之士，

少了我自有人捍卫社稷；

望陛下今后也不用我报效。

若还念我的犬马之劳，

请允许我用这条征服者的胳臂，

不为妹妹，而是为荣誉自毁。

第三场

塔勒斯，瓦莱尔，老贺拉斯，贺拉斯，萨皮娜

萨皮娜

陛下，听一听萨皮娜，看一看她心里

姐妹和妻子的双重悲戚；

她跪在驾前肝肠寸断，

为家庭哭泣，为丈夫不安。

不是我故作姿态，

掩护罪人逃脱裁判；

他为王上不论做过什么,如实对待,

在我身上去惩罚这个高贵的罪犯。

用伤心人的血赎回他全部的罪,

伏法的依然是同一位。

不是出于不正当的怜恤,

而是夺去他更亲密的伴侣。

婚姻的结合,还有他对我情深,

使他活在我心中更多于在自己心中;

要是赐我今天自尽,

也带走了他大半的生命。

我抱着必死之心——死,

使他痛苦倍增,使我痛苦全失。

望陛下体察我心头无比的颓丧,

余生难忍的凄怆。

拥抱用剑斩断了

我家香烟的人,令我不寒而栗!

仇视为国、为家、为陛下

立过功的人,又成天下大逆!

爱一个沾满兄弟鲜血的功臣!

恨一个结束民族苦难的丈夫!

爱是罪,恨也是罪,陛下,

用幸福的死让我得到解脱吧!

这决定对我是莫大的恩典。

我可用自己的手了却心愿,

但是赐我死毕竟更甜蜜,

我若能了结丈夫的罪孽,

能用我的鲜血来平复

他严酷的道德引起的天怒,

能以一死安慰他妹妹在天之灵,

并为罗马保存一位栋梁。

老贺拉斯

陛下,由我来回答瓦莱尔。

孩子与他串通反对我这个父亲:

三个都要伤害我,无理地

要断送我家仅存的苗裔。

(对萨皮娜)

你的痛苦不见容于你的职责,

要抛弃丈夫去追随兄弟,

你不妨在九泉问一声他们的忠魂;

他们死了,但是为了阿尔巴,必定感到幸运;

既然天意要阿尔巴向罗马称臣,

——人若地下有知——

他们看到荣耀归于我们,

打击会削弱,痛苦会减轻。

三人只会鄙夷你心头的悲痛、

眼中的泪水、嘴里的呻吟、

对有美德的丈夫的怨恨。

萨皮娜，要不负兄弟，像他们履行责任。

（对国王）

瓦莱尔徒然对可敬的人愤愤不平。

一时冲动算不得是罪行；

道德支配下的激情，

更不该惩罚，而该称颂。

把敌人当崇拜的偶像，

偶像倒了又只恨国家不遭殃，

祈求它罹受无穷的灾难，

这是罪——也由他执行了审判。

他举起铁拳出于对罗马的爱，

爱罗马不深他可以置身事外。

我说得不错吧，陛下？要有罪，

父亲的手也不会容忍败类，

生身父母在他身上享有的权利，

我懂得该如何充分行使。

陛下，我爱荣誉，决不饶过

家门中有人受辱和作恶。

我只需请瓦莱尔作证：

当我还不知道战斗的结果，

只以为他逃跑叛国，

他看到我等着儿子怒不可遏。

谁请他为我的家务事心烦?

谁请他不顾我而替我的女儿鸣冤?

女儿咎由自取,什么理由使他

比做父亲的更牵挂?

担心他害妹子后也会害别人!

陛下,我们只干预家中的丑闻,

至于外界人怎样行动,

不出自同一门中,不会叫我们脸红。

(对瓦莱尔)

你可以掉泪,瓦莱尔,甚至在贺拉斯面前;

只有本族人的罪会使他羞惭。

不是他的亲骨肉无法污染

他头上那顶常青的桂冠。

桂冠,神圣的枝叶,有人蓄意撕裂,

让他的头颅受雷轰电击,

刽子手斩的是恶棍大盗,

你要他也死于不名誉的屠刀?

罗马人,你们允不允许杀此人?

没有他,罗马今天已不是罗马;

允不允许一个罗马人凌辱一位战士?

靠了他,我们才保持了美名——罗马。

你说,瓦莱尔,既然他应该死亡,

选择哪块地做他的刑场?

城内？城内千万个声音一起

在颂扬他的丰功伟绩。

城外？城外的广场中央，

在他们三座坟旁，在这块可为

他的勇武、我们的幸福作证的战场，

居里亚斯兄弟的血还没有凉。

你无法避开他的胜利去执行对他的极刑，

城内城外众口一词赞他武功彪炳，

谁都会反对你为不义的情欲，

不惜用忠义的碧血玷污这个喜庆日。

阿尔巴对这幕惨剧不忍目睹，

罗马的泪水也会溢阻刑场的道路。

（对国王）

望陛下防止这些事，审理公正，

以维护罗马利益为重。

他曾为罗马尽责，今后也当不遗余力，

为国家挡厄运御强敌。

陛下，我人老年暮无所需，

罗马今天还见我有四个儿女；

一日间三个人在争端中丧生，

还留下一人，请为国家保存，

别毁了这顶天立地的栋梁臣；

让我再对他说几句话。

（对贺拉斯）

贺拉斯，别认为是非不明的凡庸，

可以对盖世英名左右拨弄。

他们惯常七嘴八舌叫嚷，

时而吹捧，时而又毁谤；

他们树立的名声

会在顷刻间化为灰尘。

是王上，是贵人，是贤哲，

能明察功德于毫末；

唯有他们给人真光荣；

唯有他们赏识大英雄。

虽然在塞聪蔽明的时代，

无知的俗人有不恰当的期待，

你永远要做贺拉斯，在他们心中，

你的姓氏始终高尚、显赫、威风。

不要厌世恨命，至少要为我、

为你的国家、为你的王上活着。

——陛下，恕我多言，这事悉听圣明，

全罗马借我的口表达了他们的心。

瓦莱尔

请容许我，陛下……

塔勒斯

够了，瓦莱尔；

听了他们的话并没把你的话忘了；

字字句句都留在耳边，

条条理由也记在心间。

——可怕的事几乎在眼底发生，

确实违反天性，亵渎神圣。

是一时冲动闯下了大祸，

这话不能自圆其说；

最宽大的法律在这点也一致，

若要秉公处理他难逃一死。

然而，若对犯人回首一顾，

这重大、骇人听闻、不可饶恕的罪过，

却是今天让我当上两国国王的

那支剑犯的，那条手臂干的；

阿尔巴归依了罗马，两根节杖由我掌握，

都高声叫喊为他的生命开脱：

没有他，我将在发号施令的地方躬身，

在两国国王的宫殿称臣。

各城邦不少忠臣良将，

只会用空言扶保朝纲；

人人爱君王，但不是人人

都能用战功安边定邦；

只有少数英才受过上天的哺育，

精通治国平天下的韬略。

股肱大臣是君王的力量,

也凌驾在法律之上。

一切不用深究了;罗马在初期

也曾隐瞒罗慕路斯杀了孪生兄弟。

罗马既然原谅过缔造的神,

想必也会宽恕解放的人。

——贺拉斯,活下去,高尚的战士,不要轻生。

你的道德使你的光荣盖过你的罪行;

仁慈的激情才使你心邪,

不应该计较好心造的孽。

为国家出力活着,也跟瓦莱尔和睦相处,

你们要不念旧恶;

他的议论不管是动情还是尽职,

见到他不要心存芥蒂。

——萨皮娜,要精神振奋,

把软弱的感情逐出高尚的心胸;

擦去泪迹才能显出

你是被哀悼的人的好姐姐。

——明天要祭天神,

上天不会满足我们的祝愿,

倘若司祭在血食前

没使他涤除罪愆。

由他父亲主持仪式吧——在他也更容易——

同时祭祀卡米尔的亡灵。
我同情她；在同一天，是同一种激情，
拆散了她与未婚夫的姻缘，
为了满足她薄命的一生中

所抱有的一片至情，
我下令，在目睹他俩身亡的同一天，
也目睹他俩下葬在同一座墓穴里。

剧终。

罗兰之歌

序　言

　　以帝王将相武功为内容的叙事诗，在欧洲称为纪功歌，与《奥德赛》和《伊利亚特》一样，起初是游吟诗人在深宅大院、通衢大道吟唱的歌谣，后来才编写成书。一般来说创作年代不确切，故事内容与史实颇不一致，作者的身份也很难弄清楚。

　　法国欧洲中世纪历史学家约瑟夫·贝蒂埃（1864—1938）说："提到《罗兰之歌》，就像提到品达的《特尔斐皮西亚颂歌》或亚里士多德的《诗论》，即使有了第一千零一版，也会再发行第一千零二版，自有文人才子读了觉得，若不是第一版，也是第九百九十版更为可取。"

　　罗兰的传奇在游吟诗人口中吟唱了一百多年。在十一世纪出现了最初的抄本。现存主要的有法兰西、英格兰、意大利、尼德兰、日耳曼、威尔士、斯堪的纳维亚等文字写成的八种版本。历代评论家一致认为牛津收藏的一种抄本，其价值超过其他各版的总和。牛津抄本以盎格鲁—诺曼语写成，共四千零二行，包括学者根据其他抄本校订后补上的四行。每行有十个音节，每节内句数不等，同一节内每句句尾用半谐音一韵到底。根据安德莱·布尔日的研究，成书年代约在一〇八七年到一〇九五年之间。各个抄本原来都没有名称，在十九世纪后先后付梓，毫无例外地都用了《罗兰之歌》这个书名。

牛津抄本的最后一句是："杜洛杜斯叙述的故事到此为止。"一般认为杜洛杜斯不是《罗兰之歌》的编撰者，便是抄录者。至于谁是杜洛杜斯，历来没有一个肯定的、具有说服力的、为大家所接受的说法。在那个时期的法国历史上，可以与杜洛杜斯这个名字沾边的有古龙勃的杜洛杜斯、安韦尔默的杜洛杜斯、费康的杜洛杜斯。由于《罗兰之歌》最初流传于法国北方诺曼底地区，所以费康的杜洛杜斯被认为最有可能是那位杜洛杜斯。他是征服者威廉的侄子，起先在费康的三圣寺当修士，随同威廉国王参加过一○六六年的黑斯廷斯战役，后来又在彼得博罗当本堂神甫，所以也称彼得博罗的杜洛杜斯。不管是哪个杜洛杜斯，从他在《罗兰之歌》中留下的印记来看，显然是一位受过良好拉丁教育的僧侣，既潜心教义，也崇尚武道。查理曼的英武神威，奥里维的睿智明理，罗兰的勇敢慷慨，都是他崇尚景仰的品质。

牛津抄本在一八三七年由法朗西斯克·米歇尔（1830 或 1833—1905）第一次出版。后经历代专家勘误匡正，渐趋完善。这部汉译本是根据牛津版校订本译成的。

查理一世（742—814），或称查理大帝、查理曼，是法兰克国王矮子丕平（三世）的儿子。七六八年继承王位，后来通过征略逐渐成为伦巴德人、托斯卡纳人、萨克森人的国王。八○○年受罗马教皇利奥三世加冕，当上西方皇帝，统治疆域包括除不列颠和斯堪的纳维亚以外的全部欧洲，是罗马帝国后的又一大帝国。查理曼是中世纪一位雄才大略的君主，主张与罗马教廷合作，促进教会改革，奠定基督教统一的基础。

在帝国扩张的过程中，以查理皇帝为代表的基督教国家与阿拉伯伊斯兰国家不时发生战争。七七八年，查理曼攻下西班牙潘普洛纳，撒拉逊人①要求讲和，并献上几名人质。查理曼随后南下进攻萨拉戈萨。萨拉戈萨深沟高垒，固守不降。查理曼围困了两个多月，毫无进展，又听到后方萨克森人叛乱，带了军队和人质撤退。其实，这是查理曼远征中的一次挫折，但在他生前法国纪年史缄口不谈这件事。

只是到了八二九年，《皇家纪事》提到查理曼那次在七七八年带领他的大队人马抵达比利牛斯山，为了抄近路借道位于海拔一千五百公尺的龙塞沃。八月十五日，经过山石峥嵘的峡谷时遭到伏击。山区的加斯科涅武装人员从山坡直冲而下，朝着他们猛扑过去。法兰克人长途跋涉，又带了笨重的战利品，行动非常迟钝，只有招架之功。加斯科涅人掠夺了大量财物后呼啸而去。查理曼也不知道他们的身份和行踪，没有也不可能报复。他们或许就是一股盗匪，其中可能有作为内线的法兰克人，但是肯定没有撒拉逊人。显然这是一次没有政治目的的抢劫行为，因为在这事以后加斯科涅人没有反叛事件，阿基坦人继续效忠查理曼，萨克森人的叛乱也不见蔓延。查理曼在这次袭击中失去了几位重要人物，其中有御厨总监艾吉哈尔德、宫

---

① 中世纪西方人对阿拉伯人、伊斯兰教徒的称呼。

廷伯爵安塞姆、布列塔尼边区总督罗兰。

从九世纪开始流传查理大帝和他的勇将罗兰的事迹。口头文学不断随着时代的变迁而变化。那时候，封建社会的发展与等级制度的确立，基督教与伊斯兰教在地中海一带争夺加剧，民间传说中掺入了当时的政治社会内容和宗教神秘色彩。罗兰的故事逐渐变成基督教与伊斯兰教大规模长期圣战中的一个重要篇章。后世人确实常用神奇的语言，把一则平凡的逸事渲染成了一篇辉煌的传奇。

《罗兰之歌》是法国文学的开卷之作，并不是说在此以前法国历史上没有出现过文学作品。在九至十一世纪之间有《圣女欧拉丽的颂歌》《耶稣受难》《圣勒日》《圣阿莱克西》等，从题目便可看出这是一些表彰基督教圣徒的道德圣行的作品，语言贫乏，牵强附会，虽然是以韵文写成，但是通篇说教，谈不上文学价值。

在牛津抄本产生之时，法国通俗语言有了很大发展，其结构、形式和词汇已经能够承受长篇叙事的分量。在《罗兰之歌》中可以看到大量并列句，简单的形象和隐喻，人物的心理和意图描写，还有民歌中常见的复叠和夸张。随着各地区文化的传播，宗教斗争激发的宗教热忱，这部叙述七七八年龙塞沃悲剧的纪功歌，更多反映的却是十一、十二世纪的时代精神和特征。今天读到的《罗兰之歌》包含了三个层次的冲突。一、两个世界、两种宗教的冲突。二、领主与藩臣的冲突。领主供养和保护藩臣，藩臣向领主效忠，以死相保。一名藩臣可以同时效忠几名领主；也可既是一名领主的藩臣，又是另外藩臣的领主。三、藩臣与藩臣之间的冲突。好藩臣忠诚、英勇、磊落，坏藩臣不忠、怯懦、阴险。这些道德行为的准则在当时是明确的，对待上帝诚惶诚恐的基督徒心灵中容不得半点怀疑。

关于两教圣战的历史，基督教有基督教的写法，伊斯兰教有伊斯兰教的写法，水火不相容。《罗兰之歌》属于基督教的写法。当西方国家接受了基督教信仰以后，一切其他信仰在他们眼中都是异端邪说，一切抱其他信仰的人都是异教徒，里面不仅有阿拉伯人，还包括斯拉夫人、匈牙利人、鞑靼人等。圣战中要勇往直前，把异教徒赶尽杀绝是基督徒的天职，杀敌可以作为补赎，信仰上帝的人战无不胜，为教而殉死者灵魂升入天堂。当作者怀着一片虔诚刻意描写这些价值观的同时，也暴露了基督教狂热、偏执和残忍的一面。

法国史学家保尔·彭古尔有一部著作，书名很有意思：《纪功歌是不是种族主义作品？》。以《罗兰之歌》来说，似乎还不能算，但是从中也可看出一切以信仰画线，区分敌我的是宗教，还不是种族和肤色。撒拉逊人一旦改宗，皈依了基督教，就拥有基督徒的一切权利。

其实，作者对伊斯兰教口诛笔伐，却对它的教义和仪式表现了相当的无知。完全以基督教的模式来想象：顺服唯一的神安拉的伊斯兰教同样有三位一体：穆罕默德、泰瓦干、阿卜林；从不供奉神像的撒拉逊人同样在地室进行偶像崇拜；政教合一的教权政体同样也有十二员大将，以此与查理曼的十二太保相对应；军队中同样的武装、同样的战斗方阵；甚至撒拉逊王在狠狠诅咒查理曼时，同样用"douce France"（douce 有"可爱""气候温和"的意思，考虑其含义，本书中译为"富饶的法兰西"，显然这词只用在褒义上）。

自古以来，各个民族的发展绝不是平衡的，同一个民族的演变也不是直线状的。可是只是到了近代，人们才慢慢明白了这个事实，发现世界是多极的、立体的，不该囿于自己精神与行动上的束缚，处处以自我为中心，用扁平的目光看事物。实际上大千世界万象纷纭，同中有异，异中有同，这恐怕是事物发展中的永恒存在。

《罗兰之歌》是欧洲中世纪的一部伟大史诗，浑厚质朴。有人赞誉说它有荷马宽阔流动的优美，但丁豪放有力的笔致。这毕竟是一千多年以前的作品，有中世纪的种种特点。若用历史观点阅读，今天的读者依然会认为这是一部卓越不凡的大作。

一

查理国王,我们伟大的皇帝[①],

驻扎西班牙整整七年[②],

从高地到海边所向披靡;

没有一座城堡能够阻挡,

没有一座城镇不思投降,

除了在山头上的萨拉戈萨[③]。

马西勒国王盘踞城里,他不信什么上帝;

他供奉穆罕默德,祷告阿卜林[④],

却不能为自己求得太平。

二

马西勒国王守着萨拉戈萨。

他走到果园的树荫下;

---

① 龙塞沃战役发生于778年,查理在800年受教皇利奥三世加冕为西方皇帝,后世称为查理曼。"曼"(magnes)在拉丁语原义中为"伟大"之意。在本诗篇中,查理、查理曼、查理国王等都是指他一人。
② 实际上查理曼在西班牙仅驻守几个月时间。这是叙事诗的夸大用法。"七"在古西方人有"长久""完成"之意。
③ 萨拉戈萨不在山头上,而是平原上的一座城市。这是纪功歌给战场添上一层雄奇的色彩。
④ 《罗兰之歌》中三位撒拉逊神中的一位,据夏尔·佩拉(Charles Pellat)的考证,为"恶魔之父"或"恶魔之子"之意。这自然是中古基督教徒的说法。

斜靠在蓝玉石台阶,

周围有两万多人朝见。

他向公侯百官说:

"各位大臣,我们已大祸临身!

富饶的法兰西的皇帝——查理,

带兵来摧毁我们的国家。

我派不出军队前去应战,

也没有将领跟他对敌。

贤惠的大臣有什么高见,

免得我遭受死亡和耻辱。"

异教徒中没有人说一句话,

除了瓦尔封特城堡的勃朗冈特兰。

三

勃朗冈特兰是异教徒中的贤能,

英勇善战,足智多谋,

国王身边的辅弼大臣。

他上奏:"陛下不必惊慌!

查理妄自尊大,

可用忠诚和友谊满足他的虚荣。

准备黑熊、狮子、狗,

七百匹骆驼、一千只苍鹰,

四百头骡子满载金银财宝,

五十辆礼车排成行向他朝贡；

他可以用它们犒赏大军。

他在这块土地上征战多年，

必然想回法国家乡埃克斯①。

陛下跟随他上圣米歇尔②，

接受基督教的信仰，

当一个心悦诚服的附庸。

他若提出人质，

不妨送一二十名取得他的信任。

把我们的亲生儿子送去，

也可包括我的儿子，即使有性命之虞。

宁可他们在那里脑袋落地，

也胜过我们失去荣誉和财富，

沦落街头做乞儿。"

四

勃朗冈特兰说："我高举右手，

以胸前飘拂的长须起誓，

法国军队不久就会后撤。

法兰克人回到自己的土地——法兰西。

---

① 当时法国的版图不是今日法国的版图。埃克斯可以看做是查理曼时代的首都。
② Saint Michel，实际指《圣经》中的天使长米迦勒。《启示录》中记载他带领众天使战胜魔鬼大红龙［启示录 12］。在此应为地名，今常译作"米歇尔"，无论在地理书籍还是小说中都是如此。在本书中也随俗译为"圣米歇尔"，虽与《圣经》中的人物不合。

当各人重返自己富裕的封地,

当查理走进他的埃克斯皇家教堂,

他会在圣米歇尔隆重庆祝。

终有一天一切都会结束,

他再也听不到我们的声音和消息。

国王性格暴烈,心地残酷,

会下令把人质斩首。

宁可他们脑袋落地,

也胜过我们失去美丽灿烂的西班牙,

也胜过我们受苦受难。"

异教徒说:"这话说得也有道理。"

五

当马西勒国王主持朝政,

召集巴拉格尔的克拉兰,

埃斯特拉马林和他的袍泽欧特罗平,

伯里亚蒙和大胡子加朗,

马希内和他的叔叔马蒂欧,

乔内和乌特梅的马宾,

还有勃朗冈特兰,他宣布自己的决定。

他召来了这十大奸佞,说:

"各位大臣,你们去见查理曼,

他正在围攻科尔特城。

你们手里捧了橄榄枝,

作为和平与服从的象征。

两国和解全仗你们的机智。

事成以后,金银财宝,土地庄园,

你们要多少我可以赏多少。"

异教徒说:"我们感激不尽。"

六

当马西勒国王主持朝政,

他对使臣说:"各位大臣,

你们手捧橄榄枝去吧。

代表我对查理曼国王说,

以他的上帝的名义给我怜悯。

过不了这个月他可以看到,

我率领我的一千名信徒向他朝觐;

我将接受基督的信仰,

忠心耿耿做他的藩臣。

要人质也可以遵命照办。"

勃朗冈特兰说:"达成和议这不成问题。"

七

马西勒命人牵来十头白骡,

那是苏亚泰尔王送他的礼物,

金打的马嚼子，银镶的马鞍子。

信使们都跨上了坐骑，

手里捧了橄榄枝，

去见统治法兰西的查理：

叫他逃不过他们设下的陷阱。

八

皇帝显得兴高采烈：

科尔特攻了下来，城墙都已摧毁，

石炮撞得城楼纷纷倒坍。

缴获的武器财宝俱由他的骑士掠走，

简直不计其数！

城里看不到一名异教徒，

他们不是死亡便是改信了基督。

皇帝待在一座果园里，

身边有罗兰和奥里维，

萨松公爵和勇猛的安塞依，

国王的旗官——安茹的乔弗瓦；

还有基兰和基里埃；

还有其他人多得一时难数，

来自富饶法兰西的有一万五。

骑士坐在白色披风上；

文静的人和年迈的人，

在桌上下棋消磨时间,

年轻人精神抖擞在击剑。

松树底下一株大蔷薇花,

旁边摆着一把金交椅,

上面坐了富饶法兰西的皇帝。

白须皓发,

老当益壮,相貌堂堂。

不用说也可知道他是谁了。

信使下了坐骑,

毕恭毕敬向他行礼。

九

勃朗冈特兰首先开口,

他对国王说:"祝愿上帝保佑,

上帝是光荣的王,我们应该崇拜的王!

请容许我转呈英勇的马西勒王的口谕:

他已明白灵魂拯救之道,

要向大王献上他的财宝,

黑熊、狮子和训练有素的狗,

七百匹骆驼,一千只苍鹰,

四百头骡子满载金银财宝,

五十辆礼车排成行,

里面的金币数也数不清,

绰绰有余犒劳大王的三军。
陛下在这个国家已驻留多年,
必然想回法国埃克斯。
我们的国王保证跟随同去。"
皇帝向上天举起双臂,
低下头开始深思。

十

皇帝低头沉思,
不急于开口,
他说话一向从容不迫。
当他抬起头,神气威严,
他对信使说:"这些话说得很动听!
马西勒王与我不共戴天,
您刚才说的话,
有多少值得信任?"
撒拉逊人说:"有十名、十五名或二十名人质
可以为陛下担保。
也可包括我的儿子,即使会有性命之虞,
其余也都是显赫的贵族子弟。
当大王回到自己的宫殿,
在圣米歇尔隆重庆祝。
我们的大王保证前来参加,

在上帝为你们准备的圣水缸里,
接受洗礼皈依基督。"
查理回答:"这样他还有救。"

十一

黄昏幽美,夕阳斜照。
查理下令把十头白骡牵进厩棚。
在大果园里竖一顶营帐,
留十名信使宿夜。
有十二名仆人侍候他们。
客人一宿到了天亮。
皇帝起了个大早,
做完弥撒和晨祷。
他走到一棵松树下,
召集文武大臣商议,
他作出决断前让法国人出谋献计。

十二

皇帝走到一棵松树下,
召集文武大臣商议。
奥吉公爵和杜平大主教,
理查老臣和他的侄子亨利,
英勇的加斯科涅伯爵阿斯林,

兰斯的蒂波和他的表弟米龙；

基兰和基里埃也在其中；

随同的还有罗兰伯爵

和勇武高贵的奥里维；

法兰西来的法兰克人何止一千。

加纳隆来了，他甘心叛离。

御前会议竟酿成了一场悲剧。

十三

查理皇帝说："各位大臣，

马西勒国王派了使臣来见。

他要献上大量贡品，

黑熊、狮子和训练有素的狗，

七百匹骆驼和一千只换毛期的老鹰，

四百头骡子满载阿拉伯黄金，

此外还有五十辆大车。

但是他要求我班师回国，

他会跟我去埃克斯——我的家，

皈依救世主的信仰；

他做个基督徒，把土地归并于我。

但我不知道他心中想些什么。"

法国人说："我们应该小心为是。"

十四

皇帝才把话说完,

罗兰伯爵就不同意,

站起身表示异议。

他对国王说:"马西勒这人千万不能轻信!

我们在西班牙待了整整七年。

我帮您征服了诺伯勒斯和科米伯勒斯,

攻占了瓦尔泰纳和比内地区、

巴拉格尔、图德拉和塞维利亚。

马西勒王做事背信弃义:

那次他派来十五名异教徒,

每人拿一根橄榄枝,

嘴里也说过同样的话。

您跟您的法兰西人商议,

他们提出的看法很不慎重。

您派两位伯爵去见那个异教徒,

一位是巴尚,一位是巴吉尔。

他却在阿蒂尔山下把他们斩首。

一旦开战就要血战到底,

领兵直捣萨拉戈萨,

就是围攻一辈子,

也要为叛徒害死的人报仇。"

十五

皇帝低下头沉思,

他抚摩长须短髭,

对外甥的话不做任何表示。

法国人都不声不响,除了加纳隆。

他站起身,走到查理面前,

旁若无人地侃侃而谈。

他对国王说:"不要相信花言巧语,

不论是我还是其他人,只听信您自己的利益。

既然马西勒国王声称

他将拢着双手[①]归顺,

献出整个西班牙,

皈依我们的宗教,

若有谁主张置之不理,

陛下,这是把我们的生命视同草芥。

这种狂言不应该占先,

要疏远愚人而接近良贤。"

十六

接着是奈姆上前启奏,

[①] 封建时代,藩臣向国王表示服从的姿势,拢着双手放入国王的双手里。

宫中哪个藩臣都不及他忠厚。

他对国王说:"陛下听了

加纳隆伯爵的谏言,

若能采纳不失为真知灼见。

马西勒王输了这场战争,

他的城堡无不失守,

城墙也被击破,

乡镇被焚,士兵投降。

他的请求全凭大王做主;

要是不依不饶恐怕天理难容。

他愿意用人质担保,

就不宜再兴师动众。"

法兰西人说:"公爵说得有理。"

十七

"各位大臣,我们可以派谁

去见萨拉戈萨城里的马西勒国王?"

奈姆公爵说:"派我去吧。

现在就给我手套①和权杖。"

国王对他说:"您是一位贤臣,

我以我的须髯起誓,

---

① 封建时代,手套和权杖都有象征意义,是外交官的标志和信物。手套可以表示承诺、赠与和敬礼。

今年不会让您离我出远门。

请回到原位,这里没有您的事。"

十八

"各位大臣,我们派谁

去见萨拉戈萨城里的撒拉逊人?"

罗兰说:"我完全可以去。"

"决不行,"奥里维伯爵说,

"您的性情急躁狂暴,

我只怕您去了会跟他们动武。

陛下同意,我可以去。"

国王说:"两人都不要说啦!

您和他都别插手。

你们看我已须髯皓白,

谁再说派十二太保,谁就受罚!"

法兰西人听了禁令不敢再说话。

十九

兰斯的杜平从行列中站出来,

对国王说:"不必劳驾您的法兰克人!

你们在这个国家过了七年。

经历了艰难险阻。

陛下,把手套和权杖交给我吧,

我到西班牙撒拉逊人那里去,
我会看出他是什么样的人。"
皇帝很生气地回答他:
"您给我坐到这块白毯子上!
我没要您开口,您别说话!"

二十

查理皇帝说:"尊贵的骑士,
给我举一位我的领地上的大臣,
带着我的旨意去见马西勒。"
罗兰说:"可派我的继父加纳隆。"
法兰西人说:"他确能胜任。
他不露锋芒,比谁都能见机行事。"
加纳隆伯爵十分气恼,
把貂皮领子往背后一撩,
只穿一身丝织短装。
他目光炯炯,神色严峻,
身材挺拔,胸膛宽阔。
他英俊,叫同僚瞧着他目不转睛。
他对罗兰说:"这样恶心恶意没有道理!
谁都知道我是你的继父,
你却提出让我去见马西勒!
上帝若让我完成使命回来,

我将使你受苦,

一辈子没有好日子过。"

罗兰回答:"这样傲慢才没有道理!

谁都知道我不怕威胁。

足智多谋的人才能充当信使,

若国王同意,我乐于代您效劳。"

二十一

加纳隆说:"别想谋取我的位子。

你不是我的人,我不是你的主子。

查理王命令我尽我的职责,

我就上萨拉戈萨见马西勒。

但是我谈笑风生一番,

心中的怒火就会烟消云散。"

罗兰听他一说笑了起来。

二十二

加纳隆见到罗兰笑他,

气得勃然大怒,

几乎丧失了理智。

他对伯爵说:"我们之间已恩尽义绝。

您让我得到不公平的委派。"

"公正的皇帝,臣在此领旨,

愿意完成使命。"

二十三

他还说:"我去萨拉戈萨义不容辞。
只怕是这一遭有去无回。
我的妻子是大王的妹妹,
还有儿子长得一表人才:
他叫博杜恩,必将是英勇的骑士。
我把爵禄和封邑留给他,
还望大王善待:我不会与他再会了。"
查理说:"您太儿女情长,
既然我的命令下了,您就去吧。"

二十四

国王对他说:"加纳隆,您上前来,
接受权杖和手套。
您全听到了,是法兰克人推举您去的。"
"陛下,"加纳隆说,"这全是罗兰的安排。
我这辈子不会爱他,
还有奥里维,他是罗兰的伙伴。
那十二太保都对他那么爱戴,
我敢在陛下面前向他们挑战。"
国王对他说:"您太会记仇。

好了,您就去吧,既然我的命令下了。"

"我走了。但是性命难保,

犹如巴吉尔和他的兄弟巴尚。"

二十五

皇帝授给他右手套;

但是加纳隆伯爵真愿意不在朝廷上。

他向前接时手套掉到了地上。

法兰西人说:"天哪!会发生什么啦?

这次出使看来凶多吉少。"

加纳隆说:"各位王爷,等待消息吧。"

二十六

加纳隆说:"陛下,容许我告辞了。

既然我应该去,那就事不宜迟。"

国王说:"以耶稣和朕的名义去吧!"

他伸出右手给他恕罪,画了一个十字,

然后交给他权杖和诏书。

二十七

加纳隆伯爵回到府上,

开始打点行装,

尽可能保持气派。

脚套金马刺,

腰系劈石剑,

跨上赤花马,

叔叔纪姆曼给他提马镫。

这时您会看到许多骑士落下眼泪,

都对他说:"一身胆气有什么用?

您长期在大王麾下效忠,

人人夸说是朝廷重臣。

谁决定您身入虎穴,

查理曼也将对他爱莫能助。

罗兰伯爵不应该出这个主意,

因为您是名门的后裔。"

他们又说:"王爷,带我们一起去吧!"

加纳隆回答:"这有违天意!

宁可一人死也不连累众家好骑士。

各位大臣,回富饶的法兰西去吧。

代我向妻子敬意,

还有我的战友比那贝尔,

我的儿子博杜恩,你们都认识他,

教诲和辅保他做你们的领主。"

他走在路上渐渐远去。

二十八

加纳隆在橄榄林中策马疾驰。

他赶上了撒拉逊的信使。

勃朗冈特兰走在后面与他并行,

两人巧妙地一问一答。

勃朗冈特兰说:"查理真是雄才大略!

他征服了阿普利亚和卡拉布里亚,

不惮苦咸的海水横渡到了英格兰,

还为圣彼得赢得了贡金。①

他要在我们的土地上取得什么呢?"

加纳隆说:"这是他的性格。

没有人可以跟他匹敌。"

二十九

勃朗冈特兰说:"法兰克人心胸豁达。

但是这些王侯出了这样的主意,

会使他们的主子身败名裂,

他自己受苦也毁了大家!"

加纳隆说:"我知道无人愿意这样,

除了罗兰,他总有一天会遭到报应。

昨天早晨,皇帝坐在树荫下,

他的外甥穿着盔甲过来。

他掠夺了卡尔卡松的城郊。

---

① 《罗兰之歌》中许多地名,尤其异教徒国土上的地名,经常是杜撰的。有些内容也不符历史事实。如征服阿普利亚和卡拉布里亚的是诺曼人罗伯特·吉斯卡尔。到达英格兰和为圣彼得赢得贡金的是征服者威廉一世。

他手中拿了一只红苹果①,

对舅舅说:'亲爱的大王,

我把万国之皇的皇冠向您献上。'

他刚愎自用,必然会遇上凶险,

天天有杀身之祸。

把他清除了天下才会太平。"

三十

勃朗冈特兰说:"罗兰是个罪人:

他要蹂躏各国人民,

他要兼吞天下土地。

他想带领哪些人去创造这些功绩?"

加纳隆说:"带领法兰西人。

他们爱他,一切言听计从。

他赏给他们金银财宝,

骡子、马匹、丝绸、装备。

皇帝自己也可要一切有一切:

他还会给他征服东方。"

三十一

加纳隆和勃朗冈特兰骑在马上,

---

① 在中古西方人的心目中,苹果象征诱惑。

相互起誓密谋,

找机会把罗兰害死。

他们骑在马上通过大路小道,

到了萨拉戈萨,在一棵紫杉树前停住。

松树荫下放着一把御座,

铺一块亚历山大城的丝绸。

统治西班牙的国王坐在上面,

周围有两万撒拉逊人。

无人说话,无人出声,

都在等待消息,

这时来了加纳隆和勃朗冈特兰。

三十二

勃朗冈特兰走到马西勒面前,

他携着加纳隆伯爵的手,

对国王说:"以穆罕默德和阿卜林的名义行礼,

我们遵循他们的圣训!

大王的旨意已传达给查理王,

他两手举向天,

称颂他的上帝,没有其他表示。

他派了一名朝廷重臣,

从法兰西来的,非常有威望。

战争还是和平就由他来说吧。"

马西勒说:"请说吧,我们恭听。"

三十三

加纳隆伯爵经过一番深思熟虑,
开始慷慨陈词,
完全是个外交老手。
他对国王说:"我们应该崇拜
光荣的上帝,以他的名义行礼!
以下是英武的查理曼皇帝的谕旨:
大王皈依基督的神圣信仰,
西班牙半壁江山作为封邑。
若不愿意接受这份协议,
您会被活捉后戴上镣铐,
押送到埃克斯都城,
审判后永无出头之日,
忍垢含辱了此一生。"
马西勒国王听了大惊,
他手执一根金羽标枪,
要向他刺去,但被左右的人劝住。

三十四

马西勒国王变了脸色;
他拿着标枪在手中舞动。

加纳隆看在眼里,手握剑柄,

两指悄悄抽剑出鞘。

他对剑说:"你明亮锋利,

多少年我佩在腰间出入宫殿!

法兰西皇帝以后决不会说,

是我一个人死在异乡客地,

这里的精英都赔上了性命。"

异教徒说:"大家不要动武!"

三十五

撒拉逊的精英苦苦哀求,

才使马西勒又回到御座。

哈里发说:"把那个法兰西人刺伤,

会招惹不少是非。

应该听一听他本人要说些什么。"

加纳隆说:"大王,这些话我不得不说。

强大的查理王与大王不共戴天,

要让我有时间传达他的诏令。

上帝创造的黄金,

贵国拥有的财宝,

都不能诱使我不说。"

他穿一件紫貂皮大氅,

外罩亚历山大城的丝披。

他脱下大氅,由勃朗冈特兰接下,
但是那把宝剑决不放手:
他右手紧紧抓住金柄。
异教徒说:"这位藩将好威风!"

三十六

加纳隆走近国王,
对他说:"大王没有理由发怒,
法兰西国王查理命令您
接受基督的信仰,
赐给您西班牙半壁江山作为封邑,
另外半壁交给他的外甥罗兰。
您将与这个傲慢的人并肩为王。
若不愿意接受这份协议,
他率兵围困萨拉戈萨;
您会被活捉后戴上镣铐,
押送到法国埃克斯皇家教堂。
没有战马、良驹、毛驴、大骡,
作为您的坐骑代步。
推着您骑上一匹驽马①,
审判后押上刑场斩首。

---

① 给有身份的人骑驽马,是一种侮辱。

这是皇帝送来的诏书。"

他用右手把诏书交给了异教徒。

三十七

马西勒气得脸色发白。
他掰断铃记,拆开漆印,
读信的内容两眼发直。
"巴尚和他的兄弟巴吉尔[①]
被我在阿蒂尔山砍了头,
法兰西国王查理要我明白
他为此多么痛苦和恼怒。
我若想保全性命,
必须交出叔叔哈里发,
否则他不会对我留情。"
接着马西勒的儿子开了口,
对国王说:"加纳隆说话像个疯子,
口出狂言简直死不足惜。
把他交给我就地正法。"
加纳隆听了拔出宝剑,
把背靠上一棵松树。

三十八

国王往果园里走去,

[①] 原注认为这里似乎漏了几句话。因为第 488 行后的几句是马西勒说的话,不是信的内容。

带了他的辅弼大臣；

白发苍苍的勃朗冈特兰也来了，

还有他的儿子和继承人朱法莱，

他忠心耿耿的叔叔哈里发。

勃朗冈特兰说："请法国人过来，

他起过誓愿为我们效劳。"

国王说："好吧，带他上这儿来吧。"

勃朗冈特兰右手携了加纳隆，

走进果园到了国王跟前。

共同策划了这个天理难容的大阴谋。

三十九

马西勒对他说："亲爱的加纳隆王爷，

我气恼之下动作粗野，

对您大大失礼了。

这几张貂皮价值五百多斤黄金，

也算是相互忠诚的信物。

明晚以前我还要好好谢罪。"

加纳隆说："我愧领了。

上帝会报答您的。"

四十

马西勒说："加纳隆，请不要怀疑，

我跟您真心结交决无二意。

我愿意听您谈查理曼,

他很老了,曾经辉煌一时,

至今该有二百多岁了吧。

他在多少个国家纵横驰骋,

折断了多少支长枪长矛,

又叫多少位强大的国王流离失所!

他什么时候才会厌倦戎马生活?"

加纳隆回答:"查理不是穷兵黩武的人。

谁见过他,谁都会理解他,

莫不说皇帝是一位英主。

我不论怎样称颂赞扬,

也无法说全他的神武美德。

他大智大勇,谁能望其项背?

他生来天潢贵胄,

对臣子宁死也不肯辜负。"

四十一

异教徒说:"查理曼白发皓首,

怎么不叫我肃然起敬。

至今该有二百多岁了吧①。

---

① 原文内第 524—528 句与第 539—543 句完全重复。

他在多少个国家纵横驰骋,

折断了多少支长枪长矛,

又叫多少位强大的国王流离失所!

他什么时候才会厌倦戎马生活?"

加纳隆说:"他的外甥活着就休想停止干戈。

他是盖世无双的藩王,

他的战友奥里维也是一员勇将。

十二太保在查理手下非常得宠,

率领两万骑士组成前卫部队。

查理他谁都不怕,他的地位固若金汤。"

四十二 ①

异教徒说:"查理曼白发皓首,

怎不叫我肃然起敬。

至今该有二百多岁了吧。

他在多少个国家纵横驰骋,

折断了多少支长枪长矛,

又叫多少位强大的国王流离失所!

他什么时候才会厌倦戎马生活?"

加纳隆说:"他的外甥活着就休想停止干戈。

他是盖世无双的藩王,

---

① 原文中第四十一节与第四十二节几乎完全一样。

他的战友奥里维也是一员勇将。

十二太保在查理手下非常得宠,

率领两万骑士组成前卫部队。

查理他谁都不怕,他的地位固若金汤。"

四十三

马西勒国王说:"亲爱的加纳隆王爷,

您看到我的军队也可称雄一时,

我拥有四十万名骑士。

能不能跟查理和法兰西人决一胜负?"

加纳隆回答:"现在不是时候!

异教徒军队会损失惨重,

要审时度势,不可轻举妄动。

向皇帝多多送礼,

叫法兰西人皆大欢喜。

送去二十名人质,

国王就会班师回朝。

有军队留下殿后,

多半会是他的外甥罗兰伯爵,

还有勇敢的儒将奥里维。

依我的妙计,这两位伯爵必死无疑,

查理见到失去骁将,

就会无心恋战。"

四十四

"亲爱的加纳隆王爷,(马西勒国王说)

请教如何可置罗兰于死地?"

加纳隆说:"我可以告诉您。

国王将通过西兹山大峡谷。

身后安排后军保护。

他会派心腹大将,

武艺高强的外甥罗兰伯爵,还有奥里维。

他们有两万法兰克人。

您派上十万异教大军,

跟他们首先交锋。

法国军队将会损兵折将,

您的士兵——恕我直说——也不会生还。

这时您再派上十万军队,

罗兰逃过第一关,但逃不过第二关。

那时您大功告成,

这一生再也不会有战争。"

四十五

"若能使罗兰在这一战役中阵亡,

无异砍掉了查理的右臂,

精锐的军队也会一蹶不振:

哪里也招募不到这样的劲旅。

从此天下可以太平。"

马西勒听了这话，勾住脖子搂抱他，

然后开始取出他的宝物。

四十六

马西勒说："话何必多说？

有没有用还是要靠信任。

您给我起誓对付罗兰。"

加纳隆回答："一切听大王吩咐！"

他以装饰劈石剑的圣物起誓，

干下那大逆不道的事。

四十七

那里放了一个象牙御座。

马西勒叫人捧来一部书，

记载穆罕默德和泰瓦干的戒律。

西班牙的撒拉逊人对着起誓：

若在殿后部队中发现罗兰，

派全军压上去跟他作战，

必叫罗兰死后方休。

加纳隆说："祝您称心如意！"

四十八

这时上来一名异教徒瓦尔达本。
他走近马西勒国王。
笑声响亮地对加纳隆说:
"这把剑天下无双,
单是剑柄就价值千金。
亲爱的王爷,我送您略表寸意,
在作战中助我们一臂之力,
但愿在后军中发现勇武的罗兰。"
加纳隆回答:"一定照办。"
接着他们亲面孔和下巴。

四十九

然后又来了异教徒克兰勃兰。
笑声响亮地对加纳隆说:
"请收下这副天下无双的盔甲,
在作战中助我们一臂之力,
务必叫罗兰侯爵[①]身败名裂。"
加纳隆回答:"一定照办。"
然后他们亲嘴巴和面孔。

---

① 原注:罗兰也是侯爵,布列塔尼边区的总督。

五十

这时又来了王后勃拉米蒙达。

她对伯爵说:"我敬佩您,王爷,

因为我的丈夫和大臣都对您十分器重。

我送给尊夫人两串项链,

纯金中镶嵌紫水晶和红钻石。

罗马的珍宝都不及它名贵,

法兰西皇帝也没有见过这么美。"

他收下放进他的靴筒。

五十一

国王召来了司库莫杜依:

"给查理的贡物都准备好了吗?"

莫杜依说:"陛下,一切都已备齐:

七百匹骆驼满载金银,

还有名门贵族去当人质。"

五十二

马西勒搂住加纳隆的肩膀,

对他说:"阁下英勇智慧,

您以基督救世的信仰起誓,

绝不把我们的事置于脑后。

让我向您献宝,

这是十头骡子,驮着阿拉伯的纯金,

以后年年会如数奉上。

请收下这座京城的钥匙,

里面的财富全归查理。

务必设法让罗兰留在后军。

若能在峡谷隘道把他困住,

要打得他一命呜呼。"

加纳隆说:"恕我在此不能久留。"

他跳上马背直奔大路而去。

五十三

皇帝正在归国途中。

他来到了加尔纳城,

罗兰伯爵攻下它后夷为平地,

从今百年内难有生机。

国王等待加纳隆的消息

和西班牙大地上的贡品。

天刚破晓,旭日东升,

加纳隆伯爵来到了兵营。

五十四

皇帝起了个大早。

国王做完弥撒和晨祷,
站在营帐前的草坪上。
罗兰、勇武的奥里维、
奈姆公爵和其他许多人也在。
加纳隆过来了,这个内奸,这个逆贼,
神色诡谲地开始说话,
他对国王说:"上帝保佑您!
我给您带来了萨拉戈萨的钥匙,
还有一笔丰厚的贡物
和二十名人质,请大王收下。
英武的马西勒国王要我陈言,
不能因哈里发而责怪他。
我亲眼看到四十万军人
身披铠甲,头戴面盔,
腰佩金柄宝剑,
簇拥他直到海边。
他们离马西勒而去,因为基督教义
他们不愿接受和信奉。
船只航行不到四海里,
遭到了暴风雨的袭击。
个个葬身海底不会再出现。
哈里发若还活着,我自会把他带来。
至于异教国王,陛下可以放心,

过不了这个月,

他会随后来到法兰西,

皈依您信奉的宗教;

合拢双手甘心当藩臣,

并献上西班牙王国的版图。"

国王说:"感谢上帝!

您立了大功,也会得到重赏。"

军营中响起千支军号声,

法兰克人撤营备马,

向富饶的法兰西开拔。

五十五

查理曼攻城略地,

使西班牙满目疮痍。

而今宣布他的战争已经结束。

皇帝骑在马上向富饶的法兰西走去。

罗兰伯爵紧紧抓住军旗,

在一座高台上当空飞舞。

法兰克人在旷野上安营扎寨。

异教徒正驱马通过峡谷,

他们身披铠甲,

头戴钢盔,腰佩宝剑,

颈前挂了盾牌,手里执着长矛。

在山顶的一座森林里停下。

四十万士兵在等待黎明。

上帝！惨哪！法国人竟闻不到一点风声！

五十六

白天过后来了黑夜。

强大的查理皇帝正在安睡。

他梦见自己走进西兹大峡谷，

手里抓根榉木枪。

加纳隆伯爵一把抢了过去，

呼呼地舞了起来，

真是石破天惊，电光闪射。

查理依然沉睡不醒。

五十七

一梦做了又做一梦，

查理在埃克斯皇家教堂。

一头凶猛的野猪咬住他的右臂。

看到阿登山那边一头云豹，

冲过来撞他的身子。

从客厅角落蹿出一条猎犬，

三跳两蹦奔向查理。

首先咬掉了野猪的右耳，

又跟云豹展开殊死搏斗。

法国人说这是一场恶战,

但不知谁胜谁负。

查理依然沉睡不醒。

五十八

黑夜过后,朝阳升起。

皇帝骑在马上神气严峻,

在众位将士簇拥下左顾右盼。

查理皇帝说:"各位大臣,

这里已是峡谷隘道,

给我举一位将军殿后。"

加纳隆说:"可派我的继子罗兰,

朝中没有比他更高强的藩臣。"

国王听到此话,满面怒容瞧着他:

"你是个魔鬼化身,

心中怀着刻骨仇恨。

那么谁来率领前军?"

加纳隆说:"丹麦的奥吉,

朝中没有比他更合适的先锋。"

五十九

罗兰伯爵听到提名,

说话很有骑士风度：

"继父王爷，我感激不尽，

承蒙推举做殿后将军。

查理坐在法兰西王位上，

绝不会失去他应有的

骏马、千里驹、大骡和毛驴。

谁要夺走他的坐骑和驭兽，

必须先跟我的宝剑较量。"

加纳隆回答："您说得对，我很清楚。"

六十

罗兰听说他做殿后将军，

对继父大发雷霆：

"啊！坏蛋，下贱的恶棍，

你相信手套会从我的手中跌下，

像你在查理面前失落权杖[1]？"

六十一

罗兰王爷说："公正的皇帝，

把手中的弓交给我吧[2]。

将来不会有人指责

---

[1] 原文如此。第333行内跌落的也是手套，不是权杖。但两者俱是权力的象征。
[2] 根据原注，封建时代认为弓是种暗器，不是光明磊落的骑士应用的武器。在此似乎应看做是跟宝剑一样的军权象征。

弓从我的手中跌落,

像加纳隆右手接受权杖时那样。"

皇帝低头不语,

抚拂银白色长须,

不由得落下了眼泪。

六十二

后面又来了奈姆,

朝中没有比他更忠良的藩臣。

他对国王说:"陛下已经听到,

罗兰伯爵义愤填膺。

后军的重任既然由他担当,

别的王爷也再难跟他情商。

箭在弦上,不得不发,

找几位大将辅助他吧。"

国王把弓交给罗兰收下。

六十三

皇帝对他的外甥罗兰说:

"阁下,我的好孩子,您是个明白人;

我留下一半军队归您指挥,

生死存亡全靠他们了。"

伯爵回答:"这个我用不着。

我若愧对先人事迹，上帝会叫我灭亡！

我保留两万名英勇的法兰克人。

你们放心大胆通过峡谷。

只要我一息尚存，大王无须害怕任何人。"

六十四

罗兰伯爵跨上他的战马。

战友奥里维向他走来；

来的还有基兰和英勇的基里埃伯爵，

奥顿和贝朗杰，

阿斯托和年迈的安塞依，

猛将鲁西荣的基拉尔，

强大的盖菲埃公爵。

大主教说："我也要去出生入死一番！"

戈蒂埃伯爵说："我也同去；

我是罗兰的人，我跟着他寸步不离。"

他们一起挑选了两万名骑士。

六十五

罗兰伯爵对匈奴人戈蒂埃说：

"您率领从法兰西土地来的一千名法兰克人，

据守沙漠和高地，

不能让皇帝丢失一兵一卒。"

戈蒂埃回答:"我义不容辞。"

他率领从法兰西土地来的一千名法兰克人,

沿着高山隘道愈走愈远。

七百支宝剑出鞘以前,

任凭地动山摇他也不会擅离。

贝尔费纳国的奥马里王,

当天就跟他血战一场。

六十六

高耸的山岭,险峻的峡谷,

岩石峥嵘,隘道阴森。

那一天,法国人步履艰难。

十五里外也听到深沉的脚步声。

一踏进祖辈的土地,

便看到国王的领土加斯科涅。

封邑和庄园,少女和贵妇,

都蓦然上了心头,

谁不伤感地哭了起来。

查理比其他人更焦虑:

外甥还留在西班牙的深山沟,

他不禁心酸而老泪横流。

六十七

十二太保滞留在西班牙,

两万法兰克人跟随左右。

他们不胆怯也不怕死。

皇帝回到了法国,

把痛苦尽量掩盖。

奈姆公爵骑马走在旁边,

对国王说:"为什么这么不安?"

查理回答:"说起这件事叫我伤心!

我悲愤难抑没法不叹息。

法兰西要毁在加纳隆的手里。

昨夜一位天使给我托梦:

他把我掌中的长矛折断。

是他安排我的外甥殿后。

我让他留在客地异乡。

上帝!失去了他再也找不到这样的大将。"

六十八

查理曼禁不住潸然泪下。

十万法兰西人见了为之动容,

更担心罗兰会险遭不测。

假仁假义的加纳隆出卖了他;

他接受了异教国王的重礼:

金银财宝,绮罗绸缎,

骏马大骡,雄狮骆驼。

马西勒召集西班牙的文武大臣、

伯爵、子爵、公爵和阿马苏，

总督和将门之后。

三天内动员了四十万大军。

萨拉戈萨城内鼓声大震。

高塔上竖立穆罕默德神像，

异教徒个个顶礼膜拜。

然后骑上马匆匆而去，

穿过安宁地带，翻山越岭。

法兰西人的旗帜远远在望。

十二太保的后卫军

免不了有一场大战。

六十九

马西勒的侄子骑了一头骡子，

用木棍赶着走过来。

他笑声响亮地对叔叔说：

"大王陛下，多少次

我冲锋陷阵，多少次

我任劳任怨。

而今唯求一件礼物，由我向罗兰打头阵！

若蒙穆罕默德保佑，

让他在利剑下丧命。

西班牙大地光复,

从峡谷到杜雷斯坦。

查理会厌战,法兰克人会投降:

陛下从此太平无事。"

马西勒国王把手套授给他。

七十

马西勒的侄子拿着手套,

向叔叔发出豪言壮语:

"大王陛下赐给我的是一份重礼。

还望选派十二位大臣,

助我把十二太保挫败。"

首先响应的是法尔萨龙——

马西勒国王的弟弟:

"贤侄,阁下,我和您一起去,

这场仗要给他们迎头痛击。

把查理的后卫大军,

打得七零八落不在话下。"

七十一

科尔萨勃里国王在另一边,

他是柏柏尔人,善施妖法。

他说话像个恭顺的藩臣,

上帝送金山他也不会去当懦夫……
勃里冈的马尔普里米跳了出来,
他两腿跑得比马还快。
在马西勒面前高声叫嚷:
"我亲自上一趟龙塞沃,
遇到罗兰非把他打倒不可。"

七十二

有一位巴拉格尔的酋长,
身材轩昂,表情傲慢,面目俊秀。
他骑上马背,
披坚执锐,好不威风。
他是个出名的好藩臣。
若是基督徒必然会权重一时。
他在马西勒面前大声叫嚷:
"让我去龙塞沃拼个死活。
若遇到罗兰,是他的大限已到,
陪着死的还有奥里维和那十二太保。
法兰西人将死于痛苦与耻辱。
查理曼年岁已大,说话颠倒。
他将无意再御驾亲征。
西班牙领土从此保持完整。"
马西勒国王对他再三道谢。

七十三

有一个是莫里亚纳的阿马苏,

西班牙境内阴险透顶的小人。

在马西勒面前充起了好汉:

"我率领我的两万部队,

带了盾牌长矛到龙塞沃。

若遇到罗兰,保证他必死无疑。

叫查理过一天伤心一天。"

七十四

那一边是多特洛斯的托基,

他是伯爵,城池属于他。

只盼望基督徒没有好下场。

在马西勒面前也不甘落在人后。

他对国王说:"大王不必惊慌!

穆罕默德比罗马圣彼得高强。

信奉他的人战无不胜,攻无不克。

我去龙塞沃袭击罗兰,

决没有人给他解除危难。

我的宝剑又长又锋利,

要跟朵兰剑比上一比;

哪支剑好立时可见分晓。

法国人胆敢反抗自取灭亡。

老查理会感到痛苦和耻辱,

皇冠再也戴不到他的头上。"

七十五

那一边有瓦尔泰纳的埃斯克勒米,

他是撒拉逊人,占有这片土地。

在人群中向马西勒高喊:

"我去龙塞沃扫一扫他们的威风。

若遇到罗兰,他的头颅难保,

还有那个督阵的奥里维。

十二太保都逃不过一劫。

法国人死了,法国荒芜一片,

查理募不到将才,找不到兵源。"

七十六

那边是异教徒埃斯杜尔冈,

还有他的战友埃斯特拉马林。

都是十足的坏蛋和叛逆。

马西勒说:"两位大臣请过来!

你们去龙塞沃的隘道口,

给我的军队带路。"

两人回答:"听候大王调遣!

我们也可出击奥里维和罗兰,
十二太保命在旦夕。
我们的剑又亮又锋利,
染上了鲜血只会更美丽。
法国人死了,查理伤心。
祖辈的土地将会呈献在大王面前。
下令吧,大王,您会看到
我们将把皇帝献上。"

七十七

塞维利亚的马加里疾步走过来,
他占有的土地远至卡兹马兰。
他美如冠玉,女人都对他献唱。
个个见了他眉飞色舞,
个个见了他笑逐颜开。
哪个异教徒都不及他英武。
他走到人群中声音比谁都高,
对国王说:"大王不必惊慌!
我去龙塞沃把罗兰杀了,
奥里维也救不了他的命。
十二太保会跟着一起送死。
看我的金柄宝剑,
是普里姆酋长送我的礼物。

我答应它会被鲜血染红。

法国人死了,法兰西蒙受耻辱。

白发苍苍的老查理,

从此没有一天不难过和发火。

不到一年我们会占领法国,

进驻在圣德尼的城郭。"

异教王深深鞠了一躬。

七十八

那边来了莫尼格的切尔奴伯,

他的长发飘垂到地;

比四头驮货的骡子还重的担子,

他挑起来轻而易举。

据说他当领主的土地上,

太阳不发光,麦子不成长,

雨水不下落,露水不结珠;

石头块块发黑。

有人说那里住着魔鬼。

切尔奴伯说:"我在腰间挂上青锋,

将在龙塞沃染得红彤彤。

若在路上遇见英勇的罗兰,

不向他进攻就不值得信任。

我的剑将压倒朵兰剑,

法国人死了,法国将荒芜一片。"

表过忠心后,十二员大将聚在一起,

率领十万撒拉逊人,

内心燃烧战斗的欲望,匆匆忙忙

到松林下提枪披挂。

七十九

异教徒穿上撒拉逊铠甲,

多数是里外三层。

他们戴上坚固的萨拉戈萨头盔,

佩带维也纳钢制的宝剑,

手执美丽的盾牌、瓦朗斯长矛,

还有白色、蓝色和朱红色的军旗,

他们骑的不是骡子和仪仗马,

而是战马神驹,列队前进密密匝匝。

天空无云,阳光灿烂,

一副副盔甲像一团团火焰,

千支军号齐鸣,更加雄伟壮阔。

嚣声传至远方,法国人也听到了。

奥里维说:"阁下,我相信

我们要跟撒拉逊人大战一场。"

罗兰回答:"让上帝成全我们吧!

为了国王我们应该在这里停下。

藩臣必须为君王分忧,

不怕烈日严寒,

不怕忍饥挨饿。

人人都要奋勇杀敌,

不让别人对着我们唱哀歌!

异教徒走邪道,基督徒为正义。

我发誓以身作则。"

八十

奥里维登上一座山头。

他凝视右边长草的山谷,

看到异教徒军队过来,

立即招呼他的战友罗兰:

"西班牙那边人声喧哗,

数不尽的闪光铠甲,烈焰头盔!

法国人会遭他们的毒手。

加纳隆这个骗子叛徒,他早知内情,

在皇帝面前指名点我们。"

罗兰伯爵说:"奥里维,住口,

不许你对我的继父说三道四。"

八十一

奥里维登上一座山头。

西班牙境内撒拉逊人的动静，

全都一览无遗。

他们的镶金宝石盔，

红盾牌，红铠甲，

高举的长矛旗帜都闪闪发光。

一队连着一队排山倒海，

多得数也数不过来。

他心里乱作一团，

飞速奔下山冈，

见了同胞把一切如实报告。

八十二

奥里维说："我看见了异教徒，

敢说没有人见过这么多。

约有十万人过来，手执盾牌，

头戴铁盔，背穿白铠甲；

高举铁矛，森森发光。

我们将有一场空前的血战。

大臣们，上帝赐我们力量！

坚守阵地，绝不给敌人压垮！"

法兰西人说："逃兵必定受到诅咒！

即使死也不会有人临阵脱逃。"

八十三

奥里维说:"异教徒大举进攻,

我看法兰西人会寡不敌众。

罗兰,我的战友,吹响您的号角,

查理听到,军队会折回。"

罗兰回答:"那真是愚不可及!

我会在富饶的法兰西丢尽脸面。

待我用朵兰剑左右横扫,

让剑刃上沾满鲜血。

异教徒窜入峡谷是大错特错,

我发誓,他们谁都难逃一死。"

八十四

"罗兰,我的战友,吹响您的坳里风①,

查理听到,军队会折回,

国王率领他的大臣驰援我们。"

罗兰回答:"祈告上帝,

不要因我的过错让父母遭到责难,

让富饶的法兰西蒙受污辱!

但是,佩在腰间的朵兰剑,

---

① 这是罗兰的象牙号角。

我会用来挥舞砍杀。

您会看到剑刃沾满血污。

邪恶的异教徒率众进犯是大错特错,

我发誓,他们个个都来送死。"

八十五

"罗兰,我的战友,吹响您的坳里风,

查理正通过峡谷,他会听到的。

我发誓,法兰克人会回来的。"

罗兰回答:"祈告上帝,

但愿天下人不会笑我,

为了异教徒吹起了号角。

不能让别人谴责我的父母。

当我在千军万马中

左冲右突,

你看到朵兰剑上沾满鲜血。

法兰西人是勇士,像真正的藩臣那样厮杀。

西班牙人必将全军覆没。"

八十六

奥里维说:"对此我没有异议。

而我看到了撒拉逊人,

满山遍野,

密密麻麻。

异族大军内兵多将广,

我们只是一支小部队。"

罗兰回答:"这反而使我勇气倍增。

愿上帝和天使保佑,

法兰西绝不因我的过失而失去荣誉!

我宁死也不愿受辱。

我们骁勇善战才受皇帝器重。"

八十七

罗兰勇武而奥里维智谋。

两人都是杰出的藩臣。

一旦跳上马背提了枪,

死也不会退出战场。

两位伯爵行为勇敢,语言豪迈。

不忠的异教徒愤怒地放马过来。

奥里维说:"罗兰,这里有人上来了!

他们近在咫尺,但是查理离得很远。

您还是不愿吹响您的坳里风。

我们有了国王就不会损兵折将。

您朝西班牙峡谷眺望,

不难看到后卫军处境危急。

今日还在的人,以后不知向何处招魂。"

罗兰回答:"别说这些蠢话!

谁胆怯谁将受到诅咒!

我们守住阵地岿然不动,

伺机出击打一场混战。"

八十八

罗兰看到有一场血战,

变得比狮豹还更厉害。

他召集法兰西人,对奥里维说:

"大人,我的战友,再不要说这样的话!

皇帝给我们留下两万人,

全都经过他的挑选,

没一个会是懦夫。

为了君王应该吃苦耐劳,

不怕烈日严寒,

即使流血丧身也毫无顾惜。

您用长矛捅,我用宝剑砍。

我的宝剑是国王所赐,

我死后得剑的人可以说,

它以前属于一位高贵的藩臣。"

八十九

那边是杜平大主教。

他马刺一蹬，驱马上了山冈。

他对法国人讲道：

"各位大人，查理留我们守在这里，

为了国王我们不惜牺牲自己。

你们要帮助他维护基督教教义！

一场恶战在所难免，

既然撒拉逊人已在眼前。

你们低下头要求上帝宽恕！

我给你们赎罪拯救灵魂。

战死者将成为圣洁烈士，

天堂中有他的位子。"

法兰西人下马跪倒在地，

大主教以上帝的名义赐福，

下令以战斗代替补赎。

九十

法兰西人起身站得笔直，

一切罪孽都已洗刷干净。

大主教以上帝的名义在他们身上画过十字。

他们随即跨上了骏马。

像真正的骑士那样，

全身戎装走上战场。

罗兰伯爵对奥里维说：

"大人,我的战友,这件事您早明白,

加纳隆把我们都出卖了,

他收下了重金贿赂。

皇帝会报仇雪恨。

马西勒国王拿我们做交易,

他得到的将是刀和剑。"

九十一

罗兰骑着他的骏马,

走入西班牙峡谷。

他带的武器非常顺手,

抡起长矛挥舞,

把枪尖指向天空。

枪头上插一面白色幡旗,

流苏挂到他的手上。

他身材优美,面容清朗含笑。

身后跟着他的战友,

法兰西人都宣称他是保护人。

罗兰对撒拉逊人目光严厉,

对法兰西人温良谦恭。

说话时非常周到细致:

"各位大人,放慢行军速度!

这些异教徒在自寻死路。

今天我们将获得丰富的战利品,

法兰西没有一位国王的战绩曾经这样辉煌。"

听了这话,全军摩拳擦掌,斗志昂扬。

九十二

奥里维说:"我无心多说话。

您不愿吹响您的坳里风,

您就盼不到查理前来增援。

大王毫不知情,也就无罪。

他们那些人也无可指责。

你们骑在马上快跑!

大人们,立刻做好准备!

我祈求上帝,你们可要小心,

针锋相对,狠狠打击!

我们不应该忘记查理的战斗口号。"

听到这话法国人一声高吼。

他们喊:"我有神助!"

听了就不会忘记什么是英豪。

然后他们蹬马刺往前疾驰,

上帝,他们多么威武勇猛。

除了厮杀以外,还能有其他作为?

撒拉逊人对他们也毫不畏惧。

法国人和异教徒这时正短兵相接!

九十三

马西勒的侄子艾尔洛特,
骑着马身先士卒。
他对着法国人破口大骂:
"法国奸贼,过来跟我们交手。
那个应该保护你们的人却出卖了你们。
昏君又让你们在峡谷受困。
富饶的法兰西今天要丢人现眼,
查理曼要失去他的右臂。"
罗兰听了这话,上帝!他有多么难受!
他一蹬马刺,放马过去,
伯爵用尽全力直扑那个人,
他刺穿他的盾牌,击碎他的铠甲,
捅破他的胸脯,打断他的骨头,
背脊也砍成了两爿;
长矛一挑使他的灵魂出了窍;
又一扎尸体晃了一晃,
长矛一挥将他打落马背。
罗兰在他的颈部一割,身首异处。
对着尸体还不忘记说:
"罪大恶极的浑蛋,查理不是昏君,
他从来不能容忍变节。

他是个英主才命令我们守在峡谷。

今天富饶的法兰西不会丢人现眼。

杀啊,法国人,先下手为强!

我们行使正义,奸贼违反天意。"

九十四

一位公爵叫法尔萨龙,

是马西勒国王的兄弟;

他拥有达当和阿比隆。

天底下找不出更狠毒的奸佞。

额头高高耸起,

两眼的瞳距足有半尺宽。

看到侄子阵亡好不悲伤。

他冲出人群挺身迎战,

发出异教徒的喊杀声。

他面对法国人非常猖狂:

"今天,富饶的法兰西末日到啦!"

奥里维听到心头火起。

他用金马刺踢自己的坐骑,

像真正的武士冲向前。

他刺破了对方的盾牌和铠甲,

幡旗的下摆也插到他的身子里面。

挥动长矛把他打下马背。

他瞧着贼将的尸身直挺挺躺着,
对着他大声吆喝:
"可怜虫,你的威胁顶什么用?
法兰西人,杀啊,我们会大获全胜!"
又喊:"我有神助。"这是查理的战斗口号。

九十五

一位叫科尔萨勃里的大王,
是来自远地的柏柏尔人。
他对其他撒拉逊人说:
"这一仗我们能够坚持到底,
法国人势单力薄,
不用把他们放在眼里。
他们全军覆没,查理也无可奈何。
这是他们的死日到了。"
杜平大主教句句听在耳里,
恨得咬牙切齿。
他用金马刺一蹬,
朝着他猛冲上去。
他刺穿了他的盾牌,击碎了他的铠甲,
长矛捅破他的身子;
又深深一刺,尸体一个晃动。
长矛一挥把他打下马背,命归黄泉。

他转身看贼将直挺挺躺着。

他不错过机会对他说：

"卑贱的异教徒，你没有说对。

查理王永远保护我们。

法兰西人决不会逃跑。

我们让你们的人寸步难移。

你且听着：你们会死得好惨！

杀啊！法国人！谁都不会胆怯！

感谢上帝，让我们一举成功！"

他大喊"我有神助"来鼓舞士气。

九十六

基兰袭击勃里冈的马尔普里米。

对方的坚盾形同虚设，

水晶球饰也不经一击，

半个掉落在地上。

基兰用长矛捅穿他的铠甲，

一直插进他的身体。

异教徒僵直地倒在地上，

灵魂由撒旦带着走了。

九十七

他的战友基里埃进攻埃米尔。

他刺穿他的盾牌，击碎他的铠甲，

他的长矛插进他的心房，

铁器捅破了他的身体，

挥舞长矛把他打下马背，顿时丧了命。

奥里维说："我们打得漂亮！"

九十八

萨松公爵进攻阿马苏，

他刺破他的镶金花纹盾牌。

好铠甲也没能保护他，

五脏六腑都捅成窟窿，

别管怎么叹息，把他打下马背死了。

大主教说："这才是大将的枪法！"

九十九

安塞依放开缰绳，

进攻多特洛斯的托基；

他刺破他的金纹饰盾牌，

劈开他的双料锁子甲。

他把矛尖插进他的身体，

用力一捅，捅了个大洞，

挥动长矛把他打下马背，命归黄泉。

罗兰说："这是真武士的枪法！"

一〇〇

波尔多的加斯科涅人阿斯林,

蹬马刺,放缰绳,

进攻瓦尔泰纳的埃斯克勒米。

他刺穿和打落他挂在脖子前的盾牌,

击碎他的铠甲上的小孔;

给他当胸一击,

把他打下马背,命归黄泉。

然后对他说:"叫你永世翻不了身!"

一〇一

奥顿进攻一名异教徒,叫埃斯杜尔冈,

砍向他的盾牌上的边沿,

打掉上面的红漆白漆,

撕破他的铠甲下摆,

把锋利的长矛插进他的身体,

把他打下马背死了。

又对他说:"这下子没有救啦!"

一〇二

贝朗杰则进攻埃斯特拉马林,

刺破他的盾牌,击碎他的铠甲,

把坚硬的长矛插入胸膛中央,

让他死在撒拉逊大军面前。

异教徒损兵折将,

十二员大将只剩下两人,

那是切尔奴伯和马加里伯爵。

一〇三

马加里是一名英勇的骑士,

英俊、强壮、敏捷、急躁。

他纵马进攻奥里维,

刺破他的金盾心下的盾牌,

长矛滑过他的腰身。

上帝保佑他:身体安然无恙。

长矛折断了,但没有打到什么。

马加里扑空冲了过去,

吹起号角集结他的军队。

一〇四

两军混战,杀声震天。

罗兰伯爵临危不惧,

只要长矛不断,他也劈杀不止。

十五回合后长矛折成两段。

他抽出他的朵兰剑,

纵马直取切尔奴伯,
砸破他的红光宝石盔,
削下了他的头皮和头发,
他的眼睛和面孔,
他的银白细眼锁子甲,
沿着身体砍至裤裆中央。
宝剑割破了包金马鞍,
一直刺到马身,
切去背上一块肉而没有伤及骨骼,
把他打下马背死在硬草地上。
然后对他说:"奸贼,来这里自取灭亡!
穆罕默德不会保佑你们。
你这样的恶徒今天休想打赢这一仗!"

一〇五

罗兰伯爵驰骋在战场,
手执削铁如泥的朵兰剑,
对着撒拉逊人一阵好杀。
啊!看他杀了一个又一个,
尸体堆积,鲜血横流!
自己的铠甲、胳臂,
骏马的长颈、背脊,都沾上斑斑血迹。
奥里维在战斗中毫不示弱,

法国人个个奋勇杀敌,

十二太保也无懈可击。

异教徒死的死,倒下的倒下。

大主教高喊:"向大人们祝福!"

他叫"我有神助",这是查理的战斗口号。

一〇六

奥里维在乱军中策马前进;

长矛断了只剩下一段杆子。

他进攻一名异教徒马尔萨龙,

刺破了他的金纹饰盾牌,

把他的眼睛挑出脑袋,

脑浆流到脚边,

滚下马背跟七百同胞死在一起。

他又杀了托基和埃斯杜尔冈,

长矛折断只剩下了把手。

罗兰对他说:"兄弟,您在干什么?

这样的恶战不能用木棍,

依靠钢和铁才能压阵。

您的长白剑到哪里去了?

金子做的柄,水晶做的球饰。"

奥里维回答:"我接连不断地打,

竟没有工夫顾得上拔!"

一〇七

战友罗兰再三要求,

奥里维才拔出他的宝剑,

像真正的骑士那样挥舞。

他进攻异教徒瓦尔凡莱的朱斯丹,

把他的脑袋劈成两爿;

身体和红铠甲,

镶金宝雕鞍和马的背脊,

也都砍去了一块,

人和马都死在他面前的草地上。

罗兰对他说:"兄弟,我感谢你。

皇帝就是爱我们这样骁勇善战。"

四面八方响起喊声:"我有神助。"

一〇八

基兰伯爵骑着叫速如雷的马,

战友基里埃骑着鹿不敌,

他们甩开缰绳,猛蹬马刺,

去进攻异教徒蒂莫赞尔,

一个击盾牌,一个袭铠甲。

两支长矛折断在身体内,

一翻枪叫他死在沙场中央。

究竟谁出手更快,

我没听说也不能乱猜。

还有布台尔的儿子埃斯普里埃,

(被波尔多的安杰里埃杀了)①。

大主教杀死了西格洛莱,

他是个巫师,以前到过地狱,

由朱庇特施魔法送他去的。

杜平说了这话:"这家伙常跟我们捣乱。"

罗兰回答:"恶贼死有余辜。

奥里维兄弟,我钦佩你的枪法。"

一〇九

这时战斗愈益激烈。

法兰克人和异教徒杀得难分难解。

你一招来我一招去。

多少枪杆折断,多少长矛染红!

多少旌旗彩幡撕成碎片!

多少法兰西勇士断送青春!

再也见不到妻儿老小,

也见不到在峡谷等待的同胞。

查理曼哭得好不悲伤。

---

① 原文中漏落一句,在现代文版本中补齐。

这有什么用?都救不了他们。

那天在萨拉戈萨出卖自己人,

加纳隆已当了皇帝的佞臣。

此后自己也赔上了性命和四肢,

在埃克斯审判中被吊死;

株连的还有三十名亲属,

没想到会天降大祸。

一一〇

这一仗只打得天昏地暗。

奥里维和罗兰奋力猛击,

大主教枪扎何止千下,

十二太保绝不让时间虚度,

法兰西人协力作战。

异教徒死去成千上万,

不逃的人也躲不过身亡,

让生命留在沙场。

法国也失去了最精锐的护国军。

他们再也看不到父老乡亲,

也看不到在峡谷等待的查理曼。

在法国刮起一场大风暴,

雷电闪鸣,狂风怒号,

雨水如注,冰雹如斗,

天空中阵阵霹雳,

轰隆声地动山摇。

从圣米歇尔到桑丹,

从贝桑松到维尚港,

没有一堵墙壁不破裂。

中午时刻天地一片漆黑。

天空开裂时才透过一些朦胧的光,

见到这种景象的人莫不惊慌。

许多人说:"这是世纪总清算,

我们到了世界末日。"

他们不知真相,也就没有说中要害。

这是罗兰大难,天地在为他举哀。

———

法国人左冲右突,意气风发。

异教徒死去成千上万,

十万兵马中没有两人幸存。

大主教说:"我们的将士非常勇敢,

天下找不到更好的军人。

皇帝麾下的忠心藩臣,

必将载入法兰克人的史册。"

他们在战场上寻找自己人,

伤心悲痛,泪如雨下,

深情哀悼各自的乡亲。

马西勒国王率领大军蓦然出现。

一一二

马西勒沿着一条山谷,

率领联军浩浩荡荡过来。

国王组成二十支部队,

镶金宝石盔闪闪发光,

盾牌和胸甲像团红火。

七千支军号齐鸣,

响彻千山万壑。

罗兰说:"奥里维,我的战友和兄弟,

加纳隆奸贼一心要害死我们;

他的叛逆行为已昭然若揭。

皇帝会毫不留情地报仇雪冤。

我们这一仗将艰苦卓绝,

谁也不曾有过这样的恶战。

我挥舞我的朵兰剑,

你挥舞你的长白剑,杀上一通。

我们带了它们去了多少国家!

我们用它们打了多少胜仗!

不能让人给它们唱哀歌。"

一一三

马西勒看到部下遭到屠杀,

下令吹起号角和喇叭,

然后自己驱马跑在大军中央。

撒拉逊人阿比姆骑在前面,

他是军中最阴险的人,

干尽伤天害理的事,

不相信上帝和圣母马利亚的儿子。

人黑得像煮烟的树胶,

喜欢玩弄权术阴谋,

胜过喜欢加利西亚黄金。

他从不游戏,也没有笑容。

这位藩臣忠诚勇猛,

阴险的马西勒国王对他宠幸有加。

他举起龙旗召集手下人。

大主教可不喜欢他,

一见就想把他干掉。

他低声自言自语:

"这个撒拉逊人邪得厉害,

只配做我的枪下之鬼。

我从来不喜欢胆小鬼和胆怯行为。"

一一四

大主教投入战斗。

他骑上夺自格罗萨的良驹,

这是他在丹麦杀死的一个国王。

这匹战马性子暴烈,

马蹄中凹,小腿细长,

大腿粗壮,屁股浑圆,

白尾巴,黄鬃毛,

身腰长,脊梁高,

耳朵小,头上虎虎有生气。

跑得比哪个牲畜都要迅速。

大主教用力蹬马刺。

进攻阿比姆势不可当。

他朝酋长的那块盾牌冲去。

这块盾牌缀满紫晶、黄玉、红宝石、

玛瑙和金刚钻,光芒四射。

梅达山上一个魔鬼委托加拉夫酋长,

把盾牌转交给他。

杜平手下毫不留情,

经他一砍,我相信盾牌再也不值一分钱。

他把撒拉逊人捅了个窟窿,

落下马背死在荒地上。

法兰西人说:"多么英勇的藩臣啊!
有了大主教,军威绝不会受损。"

一一五

法兰西人看到那么多异教徒,
满山遍野,密密麻麻。
他们频频向奥里维、罗兰
和十二太保求救。
大主教对他们说出自己的看法:
"各位大人,绝不要存非分之想!
我以上帝的名义要你们坚守阵地,
不要授人话柄。
我们甘愿死在战斗中。
剩下的时间已经不多,
过了今天恐已不在人世。
有一件事可以保证,
神圣的天堂对你们敞开大门,
接纳你们与圣婴同住。"
法兰克人听了感到莫大安慰,
没有人不高呼:"我有神助。"

一一六

有一个萨拉戈萨的撒拉逊人,

占有半座城池。

这个克兰勃兰不是善良之辈。

他跟加纳隆结盟,

吻过他的嘴巴表示亲善,

把宝剑和宝石作为礼品。

他还说要让祖辈的土地受辱,

要把皇帝的冠冕掠夺。

他骑的那匹马叫天骢,

快得连猎犬、飞燕也追不上。

他马刺一蹬,放开缰绳,

直取加斯科涅的阿斯林。

盾牌和铠甲都形同虚设,

长矛的铁尖刺到身上,

再一插全身都被捅穿,

长矛一挥打落马下当即毙命。

撒拉逊人说:"这些人好杀得很哪!

异教徒,杀啊,把人群冲垮!"

法兰西人说:"上帝!失去一位勇士真叫人痛心啊!"

一一七

罗兰伯爵叫唤奥里维:

"王爷,阿斯林已经阵亡,

我们失去了最勇敢的骑士。"

伯爵回答："上帝会让我报仇的！"

他的金马刺一蹬坐骑，

高举沾满血迹的长白剑。

用上全身力量向异教徒砍去，

撒拉逊人挨了一下倒在地上，

灵魂给魔鬼带走了。

后来他又杀死阿尔法依安公爵，

砍掉埃斯加巴比的头颅，

把七个阿拉伯人打落马鞍，

再也不能重上战场。

罗兰说："我的战友大发威风，

骁勇善战不亚于我。

查理因我们出手不凡而更加宠爱。"

他高喊："骑士们，杀啊！"

一一八

那边一名异教徒瓦尔达本，

他是马西勒国王的教父，

在海面上拥有船只四百艘，

凡是水手都归他统率。

他用诡计攻入过耶路撒冷，

亵渎所罗门神庙，

在洗礼盆前杀死族长。

这个人接受加纳隆的誓言,

赠给他宝剑,带有价值千金的剑柄。

他的坐骑叫草迷侬,

四蹄快得胜过飞鹰。

他一蹬尖尖的马刺,

进攻强壮的萨松公爵。

他刺穿他的盾牌,击碎他的铠甲,

旌旗的流苏也塞进了他的身体。

挥动长矛把他打下马背,命归黄泉。

"异教徒,杀啊!我们会大获全胜。"

法兰西人说:"失去一位大人真叫人痛心!"

一一九

罗兰伯爵看到萨松阵亡,

你们可以想象他多么悲伤。

他战马一蹬,全速往前冲。

高举比金子还珍贵的朵兰剑,

我们的王爷竭尽全力,

从空中直劈他的镶金宝石盔。

他砍到了他的头颅、胸甲和身体,

甚至那个镶金宝雕鞍也遭殃,

在马背上还扎下很深的伤口。

不管赞还是骂,反正把他连人带马一起宰了。

异教徒说:"这下打得我们惨啦!"

罗兰说:"我手下不会留情,

看你们狂妄和执迷不悟!"

一二〇

这里一名从阿非利加来的非洲人,

那是马尔库特国王的儿子马尔克扬,

他的装备都是嵌金的,

在天空下比其他人的都发亮。

他的坐骑叫登云快,

哪个牲口都不及它跑得快。

他朝安塞依的盾牌猛砍,

刮去了上面的红蓝色彩绘;

他撕破他的铠甲下摆,

把长矛的铁尖和柄杆都插进了身体。

伯爵结束了一生的岁月。

法兰西人说:"大臣,你怎么遭到了不幸!"

一二一

杜平大主教放马冲过去。

剃发诵经的教士中,

谁都没有他那么辉煌的军功。

他对异教徒说:"上帝会让你吃尽苦头!

你竟敢把我尊敬的人杀了。"

他策动他的骏马,

直取异教徒的托莱多盾牌,

把他重重打下马背死在草地上。

一二二

那边来了异教徒冈杜瓦纳,

是加巴多斯国王加普埃尔的儿子。

他的坐骑叫白玉儿,

跑得比飞鸟还快。

他放开缰绳蹬马刺,

用尽全力进攻基兰。

他刺穿他的红盾牌,还把它从颈子上扯了下来。

然后又击碎他的铠甲,

连蓝色旌旗也插进了身体,

把他打下马背死在一块大石头上。

他还杀死了他的战友基里埃,

贝朗杰和圣安东尼的居依;

然后他又去进攻强壮的奥斯多尔杰公爵——

他统治罗纳河上的瓦朗斯和安维尔。

他把他打下马背,异教徒兴高采烈。

法兰西人说:"我们的人败得好惨啊!"

一二三

罗兰伯爵手握鲜血淋漓的宝剑,

法兰西人的哀叹都听在耳里。

只感到心如刀割。

他对那个异教徒说:"让上帝给你降下灾难!

你杀了那人,我要你付出重大的代价。"

他迫不及待策马前奔。

两人开始格斗。看究竟鹿死谁手?

一二四

冈杜瓦纳是武艺高强的骑士,

勇冠三军的藩臣。

他在阵前遇上了罗兰。

两人从来没有见过面,

但从严峻相貌、轩昂身材、

目光和姿态,一眼看出是罗兰。

他不由大惊失色。

他想逃脱,但是事已太迟:

伯爵打得那么凶狠,

头盔开裂,一直裂到护鼻,

削去了他的鼻子、嘴唇和牙齿;

他的身体和阿尔及尔铠甲,

金马鞍和银前桥也都遭殃；

剑刃还深深插入马背，

人和马的性命一起全完。

西班牙来的人高声恸哭，

法兰西人说："我们的护国将军就是打得漂亮！"

一二五

这一仗只打得日月无光，鬼哭狼嚎。

法兰西人用绛红色的长矛刺杀，

痛苦的景象惨不忍睹，

多少人死亡、受伤和流血，

尸体是层层叠叠，有的面孔朝天，有的埋入土里！

撒拉逊人实在抵挡不住，

不顾一切弃阵而逃。

法兰西人奋勇追逐。

一二六

这一仗打得日月无光，鬼哭狼嚎。

法兰西人杀气腾腾进攻。

他们砍去敌人的拳头、腰身、背脊，

穿透战袍伤及皮肉，

草地上血流成河。

（异教徒说："我们顶不住啦！"）①

祖辈的土地，让穆罕默德诅咒你！

你的民族该比任何民族都顽强。"

没有一个人不叫苦："马西勒啊！

国王啊！骑马过来吧！我们需要增援。"

一二七

罗兰伯爵叫唤奥里维：

"我的王爷，这是没说的，

大主教武艺高强，

天地之间再也找不出更杰出的骑士。

长矛铁枪都运用娴熟。"

伯爵回答："我们去助他一臂之力！"

法兰克人听到此令又杀了起来。

你一剑我一枪只杀得难分难解。

基督徒陷入了多大的困境！

如果你们看到罗兰和奥里维的剑，

它所到之处血肉横飞！

大主教用他的长矛刺杀。

他们杀了多少人可要说出个数目，

根据文献的记载，

---

① 古文版中这里漏了一句，现代版中补写。

超过四千有余。

最初四次冲锋法兰克人占了上风；

第五次对他们艰苦卓绝。

法国骑士都已惨遭杀害，

只有六十名蒙上帝见怜，

只要一息尚存必作殊死的斗争。

一二八

罗兰伯爵看到将士遭到屠杀。

他叫唤他的战友奥里维：

"亲王爷，好战友，看在上帝的分上说一说你的想法。

多少忠诚的藩臣横卧在沙场上！

丧失了这样的良将，

我们为富饶美丽的法兰西哀伤！

啊！国王，朋友，怎么不见您在这里！

奥里维，兄弟，我们应该做什么？

怎样才能向国王告急？"

奥里维说："我不知道怎样向他呼唤。

我宁可死也不愿见到我们受辱。"

一二九

罗兰说："让我吹起坳里风，

查理正行经峡谷，他会听到的。

我向你发誓，法国人会回来的。"

奥里维说："这已是一场奇耻大辱，

恶名会殃及我们的亲属，

终生也不会清白。

我跟您说过，您就是不干。

现在您要做我不会同意。

您若吹号角，就不是勇士行为。

您的双臂上已血迹斑斑！"

伯爵回答："这是我杀敌累累！"

一三〇

罗兰对他说："我们这仗打得好艰苦！

我吹了号角，查理会听到的。"

奥里维说："这不是忠臣行为！

我对您说时，战友，您不屑一听。

国王及时赶到，我们就不损失一兵一卒。

这里的人也无可指责。"

奥里维又说："以我的胡子起誓，

我若看到好妹妹奥特，

您再也不会得到她的拥抱。"

一三一

罗兰对他说："您为什么对我发火？"

奥里维回答:"战友,这是您罪有应得;

勇而有谋做事才不疯狂,

谨慎小心胜过轻举妄动,

法兰克人死于您的鲁莽。

我们再也不能为查理效力。

您早听我的话,大王已经赶到,

这场战斗就能打赢,

马西勒国王不是俘虏就是战死。

您的勇猛,罗兰,却成为我们的灾难!

查理曼再也得不到我们的襄助。

最后审判以前这样的人再也不会有第二个①。

您撒手一去而法国将蒙受恶名。

我们的忠义情谊在今天了结,

黄昏前您将与我痛苦告别。"

一三二

大主教听到他们争吵,

金马刺一蹬坐骑,

跑到他们面前劝导:

"罗兰和奥里维两位王爷,

求你们看在上帝分上不要争吵!

---

① 原注:"这样的人"指谁,在诗内意义不明。

吹响军号已救不了我们，
但还不失为一条良计：
国王来后可替我们报仇。
不能让西班牙人喜洋洋回去。
我们的法国人到这里下马，
看到我们血肉模糊死在这里，
会把我们装入棺木驮上兽背，
充满痛苦和怜悯进行哀悼，
在教堂的墓地入殓安葬，
不让狼、猪、狗把我们吃掉。"
罗兰说："大人，这话说得有理。"

一三三

罗兰把坳里风放到嘴上，
吸足气把号子吹响，
山岭高而角声长，
一声声传至三十里外。
查理听到了，全军都听到了。
国王说："我们的将士在打仗。"
加纳隆听了不以为然：
"别人这么说，会被看做谎报军情。"

一三四

罗兰伯爵疼痛难忍，

勉力吹响了坳里风。

嘴里喷出一口鲜血，

太阳穴胀痛欲裂。

尽量让角声悠悠远扬。

查理经过峡谷，他听到了，

奈姆也隐约感觉，法国人都侧耳细听。

国王说："我听到了罗兰的号角。

不打仗他不会吹响。"

加纳隆说："不会有仗打。

陛下老迈年高，白发苍苍，

像个孩子才说这样的话。

罗兰素来飞扬跋扈，您都看在眼里，

上帝容忍他这么久令人惊奇。

他没接到您的命令擅自攻下诺普布，

撒拉逊人倾城而出，

跟忠臣罗兰抗争。

他用水洗净草地上的血印，

为了不留下屠城的痕迹。

他见一头野兔也会终日吹号。

此刻他正与将士嬉戏。

天底下没有人敢与他顶撞。

骑马赶路吧！有什么必要停下？

祖辈的土地离我们还远着呢。"

一三五

罗兰伯爵嘴角淌血,

太阳穴胀痛欲裂。

忍痛勉力吹响了坳里风。

查理听到了,法国人都在听。

国王说:"这一声号角响得真长啊!"

奈姆公爵回答:"王爷正竭尽全力。

他在艰苦奋战,我对此深信不疑。

那人把他出卖了,才要陛下置之不理。

大家拿起武器,高呼战斗口号,

去救援高贵的亲人。

你们听到罗兰处境危急。"

一三六

皇帝下令吹起号角。

法国人纷纷下马,

披甲戴盔佩上宝剑。

盾牌坚固美丽,枪矛又长又沉,

白旗、蓝旗、红旗迎风招展。

随军的大臣都骑上战马。

不跑进峡谷马刺就蹬个不停。

没一个将士不是这样说:

"我们只求赶到时罗兰不出事,

要跟着他杀个痛快。"

但是这话已无用,他们确实迟了一步。

一三七

这天下午,天高云淡。

阳光下军容威壮,

铠甲和头盔似火一般燃烧。

盾牌上画着花纹,

长矛旌旗金光翻腾。

皇帝气冲冲骑在马上,

法国人满腔悲愤。

他们无不痛苦流泪,

为罗兰深感不安。

国王下令拿下加纳隆伯爵,

叫皇家厨师看管他。

他对御厨长勃贡说:

"这个奸贼给我好好看住!

他出卖了我的宠臣。"

勃贡抓住他交给膳房里的小伙子,

一百人中有的心狠,有的心慈,

他们上去拔他的长须短髭,

每个人揍了他四拳头,

还用长棍木棒一阵乱打,
最后脖子套上枷锁,
像狗熊似的挂一条铁链,
放在一头驮兽背上加以羞辱。
交给查理以前就这样看着。

一三八

崇山峻岭,林木苍苍,
深谷湍流,水声涛涛。
军号声在山峰前后回荡,
与坳里风声声呼应。
皇帝气冲冲骑在马上,
法国人满腔悲愤。
他们无不痛苦流泪,
祈祷上帝要为罗兰保安康,
等待他们相会在战场,
要跟着他打个天翻地覆。
但是这成了空话,一切都是徒劳。
他们来晚了,没有及时赶到。

一三九

查理气冲冲骑在马上,
白色长髯在铠甲前飘拂。

法国大臣用力踢马刺。

无人不是痛苦哀叹,

竟没能随同罗兰大将,

肩并肩跟撒拉逊人开战。

他在受苦,我不相信他的体内还有灵魂。

上帝啊!那六十名战友才是真英雄!

哪位国王和统帅有过更好的军人。

一四〇

罗兰凝视山峦陵谷。

他看到多少法国人躺在地上!

这位高贵的骑士如何会不哭:

"各位大人,但愿上帝怜悯!

让你们的灵魂进入天堂,

安息在神圣的花坛上!

从没见藩臣像你们那样忠心耿耿。

你们在我麾下长期效力,

为查理攻占多么广大的土地!

皇帝倚重你们,竟落得个伤心的下场!

法兰西的土地,你是那么富饶美丽,

今天损失惨重而笼罩愁云一片。

法兰西将士,我眼见你们因我而死,

竟无力保护和援助。

上帝帮助你们,绝不会令人失望!

奥里维,我的兄弟,我不会辜负你。

我不死于别的,也会死于痛苦。

战友,大人,我们继续奋战吧!"

一四一

罗兰又回到了战场。

他手执朵兰剑奋勇挥舞,

把布依的法尔东剁成几块,

还宰了二十四员大将,

谁也不及他报仇心切。

异教徒遇见罗兰撒腿就跑,

犹如麋鹿在猎狗前没命地逃。

大主教说:"您的剑法出神入化!

真骑士应该这样英武,

手举武器,骑高头大马,

在战斗中勇猛顽强,

否则就一文不值。

他还不如进修道院当教士,

天天为我们的罪孽祈祷。"

罗兰回答:"杀啊,不要放过他们!"

法兰克人听了这话又投入战斗。

基督徒遭受极大的创伤。

一四二

这类的厮杀中不留生俘,

知情的人都血战到底,

法兰克人所以像狮子那么勇猛。

马西勒雄赳赳地过来了,

他的坐骑叫盖龙,

他一蹬马刺直取勃丰——

博纳和第戎的领主。

他刺穿他的盾牌,击碎他的铠甲,

把他一下打死倒也没受什么罪。

然后他又杀了伊弗瓦和伊丰,

再加上鲁西荣的基拉尔。

罗兰伯爵离开他不远,

他对异教徒说:"天主会给你诅咒!

你杀了我的战友罪责难逃,

分手以前吃我一剑,

今天就可知道这支剑的名号。"

他英勇地向他进攻。

伯爵削去马西勒的右拳,

又把朱尔法欧的金发脑袋割了下来,

——他是马西勒国王的太子。

异教徒叫喊:"穆罕默德,救救我们吧!

你是我们的神,为我们向查理报仇!

他率领一群奸贼闯进我们的土地,

宁可战死也不愿撤离战场。"

他们相互传话:"大家逃命吧!"

十万名异教徒听了一哄而散,

对着他们再喊也喊不回来。

一四三

这有什么用呢?马西勒逃走了,

他的叔父哈里发还没有怯阵,

他统治着迦太基、阿尔费纳、加尔马里

和埃塞俄比亚这一片该诅咒的土地。

他率领一支黑人部队,

他们大鼻子、长耳朵,

人数总共超过五万。

他们骑在马上杀气腾腾,

高喊异教徒的战斗口号。

罗兰说:"这里是我们殉教的地方。

我现在知道我们不大可能生还。

谁不拼死杀敌,谁将受到诅咒!

大人们,杀啊,用手中的利剑

让死者安息,为生者求生,

也不致辱没富饶的法兰西。

当查理国王来到战场,

看到撒拉逊人的尸首到处横陈,

我们损失一人,他们要赔上十五人,

他只会为我们祝福。"

一四四

当罗兰看到这个受诅咒的民族,

浑身上下比墨还黑,

只有牙齿露出一点白。

伯爵说:"现在我可以肯定,

我们不会活过今天。

法国人,杀啊!我要再杀一阵!"

奥里维说:"落在后面的人将受到诅咒!"

法国人听了这话一齐扑向敌人。

一四五

异教徒看到法国人剩下不多,

感到骄傲和鼓舞。

他们说:"皇帝这下失算了。"

哈里发骑一匹黄骠马。

他用金马刺一蹬,

直取奥里维身后。

打断了他身上的白铠甲,

长矛贯穿他的胸脯。

这时对他说:"这下够你受啦!

查理曼把你留在峡谷遭殃。

他压迫我们,没有理由庆幸,

光杀你一人也够为自己人报仇雪恨。"

一四六

奥里维觉得自己受了致命伤。

他提起钢刃发赤的长白剑,

挥向马尔加尼斯的尖顶金盔,

打下了上面的花饰和水晶石。

脑袋连同牙床骨一齐切了下来,

宝剑一翻把敌人打下马背死了。

他说:"异教徒,你应该受诅咒!

查理固然有所损失,

但是你休想在自己国家

向妻子和任何女子吹嘘,

在我身上占到便宜,

使我和别人受过什么创伤。"

然后他高叫罗兰前来救他。

一四七

奥里维觉得自己受了致命伤。

怎样报复也不解恨。

他在混战中英勇杀敌。

长矛和盾牌，腿脚和手臂，

马鞍和护腰，都在他剑下粉碎。

谁见他把撒拉逊人杀得

四肢不全，尸体堆山，

都会铭记这位好藩臣。

他忘不了喊一声查理的战斗口号，

"我有神助"叫得又高又嘹亮；

他叫唤罗兰——他的朋友和袍泽，

"大人，战友，请您过来！

今天我们将要痛苦分别。"

一四八

罗兰瞧着奥里维的脸，

苍白发青，没有丝毫血色。

他遍体鲜血淋漓，

滴在地上凝成血块。

伯爵说："上帝，我不知如何才好。

战友，大人，您因英勇而遭受不幸！

没有人可以与您匹敌。

富饶的法兰西啊！

一日内损失了多少重臣良将！

皇帝为此元气大伤。"

他说完这话昏倒在马背上。

一四九

罗兰昏倒在马背上，

奥里维又受了致命伤。

他流血过多，目光模糊：

不论远近都看不清楚

眼前站的是什么人。

当他遇上他的战友，

朝他的镶金宝石盔砍去，

砸碎了盔顶和护鼻，

幸好没有伤到头颅。

罗兰挨了这一下呆呆望着他，

非常温柔地问他：

"战友，大人，您失手了吧？

是的，我是罗兰，我那么爱您。

您绝不会向我挑衅。"

奥里维说："现在我听到您在说话。

我看不见您，但愿我们的主看见您！

我打着您了吗？我求您原谅！"

罗兰回答："不，我没有伤着。

我在这里，在上帝面前原谅您。"

说了这话,两人相互鞠了一躬。
此时此刻他们正在生离死别。

一五〇

奥里维觉得自己落入了死神的怀抱,
两眼旋转翻白,
什么也听不见,什么也看不见。
他下了马背,伏在地上。
双手合在一起举向天空,
高声忏悔自己的罪孽。
他祈祷上帝让他进入天堂,
赐福给查理和富饶的法兰西,
其他人中首先是战友罗兰。
他心力交瘁,盔甲跌了下来,
全身瘫倒在地上,
伯爵就这样魂归西天。
英勇的罗兰痛哭悼念,
世上找不出别人比他更悲伤。

一五一

罗兰看到他的朋友死去,
面孔冲着泥地直挺挺躺着。
他开始忧伤地哀悼:

"大人,战友,这真是英雄也走到了末路!
我们多年来同生共死,
彼此一片诚心,从不错待。
您一去,生命留给我的只有悲哀。"
说了这些话,侯爵昏厥过去,
伏在叫做威昂的马背上。
靠金马镫托着身子还坐在马鞍上,
两边摇晃没有跌了下来。

一五二

罗兰还没有恢复神志,
从昏迷中清醒,
这时又有一桩祸事降临。
法国人都已离他去了地府,
只剩下大主教杜平
和从山上下来的匈奴人戈蒂埃。
他跟西班牙人激烈交锋。
部下都伤在异教徒的手下,
他好歹朝峡谷逃了过来。
他向罗兰求援:
"啊!高贵的伯爵,英勇的武士,你在哪里?
跟你一起我从不害怕。
我是征服马埃尔古的戈蒂埃,

白发老人德隆的侄子。

我因英勇而得到你的结交,

我的长矛断了柄,盾牌戳了窟窿,

铠甲也裂成碎片,

全身上下挨了几枪。

我快不行了,但没有轻易送命。"

罗兰听到他说这几句话,

策马朝着他奔过去。

一五三

罗兰既难过,又满腔怒火。

他又闯入乱军中厮杀。

他打死了二十个西班牙人,

戈蒂埃打死六人,大主教打死五人。

异教徒说:"这些人太可恶!

大人们注意啦,别让他们逃生。

谁不攻打谁就是叛臣,

谁让他们漏网谁就是懦夫!"

他们开始尖声怪叫

从四面围攻包抄。

一五四

罗兰伯爵是英武的大将,

匈奴人戈蒂埃是杰出的骑士，

而大主教又久经沙场。

他三人说什么也要生死与共，

在敌军中向异教徒频频进攻。

一千名撒拉逊人下地步战，

还有四万人骑在马上。

我肯定他们不敢逼近，

只是向他们投掷

长矛、标枪、箭矢和暗器。

第一阵矢雨杀死了戈蒂埃，

戳破了兰斯的杜平的盾牌，

击落他的头盔，砸伤他的头颅；

他的铠甲打得散落，

身上中了四支长矛，

连胯下的战马也没有幸免。

大主教倒下时悲痛万分！

一五五

兰斯的杜平中了四支长矛，

跌倒在地上，

这位王爷迅速站起，

望着罗兰，然后又向他奔去，

轻描淡写对他说："我没有屈服。

忠臣只要有一口气也绝不认输。"

他拔出赤色的亚母杀剑；

在乱军中挥舞何止千下。

查理后来说他一个人也没有饶过。

他被四百人团团包围，

他把一部分人刺伤，把一部分人捅穿，

其他人则被他割下脑袋。

历史是这样写的：圣基尔在现场观战，

上帝通过高贵的圣修士创造奇迹，

使他在拉昂修道院把这段事记了下来①。

不知此事的人自然不会明白。

一五六

罗兰伯爵英勇作战，

但是他浑身发烫流汗，

头上感到疼痛难当：

这是他吹号吹裂了太阳穴。

但他要知道查理会不会赶来，

他举起坳里风，吹出角声幽咽。

皇帝停下来侧耳细听。

他说："各位大臣，我们大祸临头了。

---

① 原注：根据传说，圣基尔生活在龙塞沃一事前 200 年，但是一位天使背了他到龙塞沃去做这场战役的见证人。

我的外甥罗兰今天要与我们告别。

从号声听出他命在旦夕。

要见上他一面必须快马加鞭。

把全军的军号一齐吹响!"

六万支号角高声齐鸣,

响彻千山方壑。

异教徒听到再也笑不起来,

面面相觑说:"查理快要赶上我们了。"

一五七

异教徒说:"皇帝快回来了;

你们听法国人的军号。

如果查理回来,我们会损兵折将。

如果罗兰活下来,我们永无宁日。

我们已经失去西班牙的土地。"

四百壮士戴着头盔进行集结,

个个自信是锐不可当的精兵,

向罗兰发起猛烈攻击。

现在伯爵要穷于应付了。

一五八

罗兰伯爵看到他们过来,

顿时变得昂扬、兴奋、勇猛;

他只要一息尚存就绝不会后退。

他骑上威昂马,

用金马刺猛踢,

在敌军中向每个敌人进攻,

随同他的还有杜平大主教。

他对他说:"上这里来,朋友!

我们听到法国人的号声,

英武的查理王回来了。"

一五九

罗兰伯爵平生不喜欢胆小鬼、

傲慢的人和讨厌的无赖,

也不喜欢不愿效忠的骑士藩臣。

他叫唤杜平大主教:

"王爷,您在马下,我在马上;

出于对您的爱,我会坚持不懈;

咱俩生死共命,

我绝不让您落入敌手。

今天向异教徒反攻,

朵兰剑一舞八面威风。"

大主教说:"谁不猛攻谁受到诅咒!

查理回来会给我们复仇。"

一六〇

异教徒说:"我们生来就不幸!

今日又逢上灾难凶险!

我们失去了重臣良将。

英勇的查理王带了大军回来。

我们听到法国人吹着军号,

声音嘹亮,高喊:'我有神助!'

罗兰伯爵那么勇猛,

绝对不会受制于人。

对着他射上一阵乱箭,然后一走了事。"

一时箭矢如雨,

长矛标枪在空中横飞。

罗兰的盾牌捅破了,

罗兰的铠甲碎裂了,

但是皮肉没有受伤。

威昂马身中三十枪,

驮着伯爵死在战场上。

异教徒撇下他落荒而逃,

罗兰伯爵少了坐骑,只得留在原地。

一六一

异教徒落荒而逃,悲愤气恼。

竭尽全力朝西班牙方向驰去。

罗兰伯爵无法追赶，

他失去了战马威昂。

他没有坐骑不得不留在原地。

他走过去帮助杜平大主教，

解开他的金头盔，

卸下他的白战袍；

祭服整件撕开，

用布块浸渗他的大伤口；

然后把他紧紧抱在胸前，

轻轻放在草地上。

罗兰声音幽幽地提出请求：

"啊！高贵的王爷，请允许我离开一会儿。

战友们对我们情同手足，

不应该让他们暴尸野外。

我要去认尸把他们找回来，

一一排列在大人面前。"

大主教说："您快去快回！

感谢上帝，战场上只剩下您和我了。"

一六二

罗兰回转身独自走进战场；

他找遍了峡谷和山坡。

找到了基兰和战友基里埃，

找到了贝朗杰和奥顿，

找到了安塞依和萨松，

找到了鲁西荣的老基拉尔。

伯爵把他们一个又一个，

抱到大主教面前，

排成一行在他的膝前放齐。

大主教不禁落下眼泪。

他举手给他们祝福，

然后说："各位大人，遭逢多大的不幸啊！

光荣的上帝会把你们的灵魂全都接受！

安置在天堂的神圣花丛中间！

我对自己的死也充满忧伤，

我再也见不到英武的帝王。"

一六三

罗兰回转身又在战场各处寻找。

他找到了战友奥里维，

把他紧紧抱在胸前，

勉力回到大主教身边。

他把他放在盾牌上，跟其他人一起，

大主教给他们赦罪，画十字。

这时备感痛苦与怜悯。

罗兰说:"亲爱的战友奥里维,

您是勒尼埃公爵的儿子,

他是罗纳山冲的领主。

说到冲锋陷阵,勇挫敌军,

说到击败和震慑狂徒,

支持和劝诫好人,

擒拿和吓退宵小奸贼,

世上没有比您更卓越的骑士。"

一六四

罗兰伯爵看到十二太保

和他热爱的奥里维都已丧身,

一阵心酸哭了起来。

他脸上血色全无,

痛苦得站立不住,

不由得晕倒在地上。

大主教说:"大人,遭逢多大的不幸啊!"

一六五

大主教看到罗兰昏死过去,

感到从未有的难受。

他伸手拿起坳里风。

龙塞沃有一条小溪,

他要去给罗兰取水。

他小步转身,一个趔趄。
身子虚弱竟不能前进,
失血过多已耗尽力气。
还没有走出几步,
就心力交瘁扑倒在地上,
在焦虑中咽了气。

一六六

罗兰伯爵从昏迷中苏醒,
站起了身,但是痛苦不堪。
他望望山上,又望望山下。
离战友不远的草地上,
那位贵人躺着——
上帝亲自派遣的大主教。
他低头忏悔,抬头望天,
双手合在一起高举,
祈祷上帝允许他进入天堂。
杜平,查理的战士,他死了。
在对异教徒的征伐中度过一生,
说教生动,作战勇敢,处处是英雄。
但愿上帝赐给他神圣的祝福。

一六七

罗兰伯爵看到大主教倒在地上,

体外堆着五脏六腑,

额头下流出脑浆。

雪白美丽的双手,

交叉放在胸口中央。

罗兰按照家乡的仪式哀悼:

"啊!高贵的大人,名门的骑士,

今天我把你交给光荣的上帝。

你对宗教赤胆忠心无人可比。

你维护教义,教化百姓,

也是使徒时代以来的第一人。

但愿你的灵魂得到满足!

天堂之门为你敞开!"

一六八

罗兰感到死亡正在逼近,

耳朵内流出了脑汁。

他祈求上帝召集他的同僚到他跟前;

然后再为自己祷告加百利天使。

为了防止疏忽他拿起坳里风,

另一手又抓住朵兰剑。

他朝西班牙的方向走去,

进入一块休闲地,约有一箭远。

他登上一个土包;在两棵大树之间

有四块大石墩①。

他仰身跌倒在草地上。

他昏了过去,因为死亡正在临近。

一六九

山岭高,树木更高。

耸立着四块发光的大石墩。

罗兰伯爵昏倒在草地上。

一个撒拉逊人对他呆望了好久。

他躺在尸体中间假装死人,

身上脸上都涂了血。

他站起身仓促行动。

他英俊、魁梧、十分大胆。

自命不凡而铸成了大错:

他去触动罗兰的身体和武器,

说什么:"查理的外甥这下服了吧。

这把剑我要带到阿拉伯去。"

他拔剑时,伯爵神志有点清醒。

一七〇

罗兰感到有人在他身上拔剑。

---

① 原注:表示基督教和异教世界的分界线。

他睁开眼只说了一句:

"我看你不像是自己人。"

他举起他抓住不放的坳里风,

打到他的镶金宝盔上;

砸碎了钢盔、脑壳和头骨,

把两只眼睛也打出了眼眶;

那个人就死在他的脚边。

这时罗兰说:"异教贼,你怎么敢

毛手毛脚来碰我?

任何人听了都会说你是疯子。

我的坳里风也砸坏了一块,

水晶和金子都掉了下来。"

一七一

罗兰觉得双目看不见东西。

他站起身,努力挣扎。

面孔也失去了血色。

他面前有一块灰色的岩石。

他满腔悲愤在石上砍了十下。

剑迸出火星,但不折断也不缺口①。

伯爵说:"圣母马利亚啊,帮助我吧!

---

① 原注:基督徒的剑在完成任务前不可折断。

朵兰剑啊，我的宝物，你也遭到了不幸①！

我失去生命也将失去你。

我靠你打了多少胜仗，

征服了多少辽阔的土地，

并入查理的版图，而今他也须眉交白了！

你绝不能落入一个临阵怯逃的人手里！

你长期追随一位勇武的藩臣，

也使你在神圣的法兰西无与伦比。"

一七二

罗兰砍向那块灰岩石，

剑迸出火星，但不折断也不缺口。

当他看到自己无法把剑折断，

内心开始为它哀叹：

"朵兰剑啊，你多么华丽、明亮和灿烂！

你在阳光下像火似的发亮燃烧！

当查理在莫里埃纳山谷时，

上帝通过天使在空中向他宣布：

把剑赠给一位伯爵统帅。

高贵伟大的国王让我佩带。

我带了你为他征服了安茹和布列塔尼②，

---

① 原注：朵兰剑归罗兰后，屡建奇勋。
② 原注：征服安茹、布列塔尼、英格兰、苏格兰等地的，其实是征服者威廉一世。

征服了普瓦图和曼恩；

我带了你为他征服了自由的诺曼底、

普罗旺斯和阿基坦、

伦巴第和罗马尼亚全境；

我带了你为他征服了巴伐利亚和佛兰德、

勃艮第和波兰全境；

君士坦丁堡向他进贡，

萨克森向他称臣。

我带了你为他征服了苏格兰和爱尔兰，

英格兰也归入他的管辖；

我带了你征服了那么多的国家，

并入查理的版图，而今他也须眉交白了。

我为这把剑痛苦难受。

宁死也不让它落入异教徒之手！

主啊！不要让法国蒙受耻辱！"

一七三

罗兰砍向一块灰岩石，

砍了多少下我也很难说清。

剑迸出火星，但不折断不缺口。

剑反弹到了空中。

伯爵看到自己不能把它折断，

内心喃喃为它叹息：

"朵兰剑啊！你美丽而又神圣！

你的金球柄里都是圣物，

圣彼得的一枚牙齿，圣巴西勒的血，

圣德尼的头发，

圣马利亚的衣服。

被异教徒夺去是有违天意，

你应该为基督徒效力，

不要让你落入贪生怕死的人手里！

我有了你征服了多少辽阔的土地，

并入查理的版图，而今他也须眉交白了！

皇帝也因此强大和富有。"

一七四

罗兰感到死亡正渗入他的全身，

从头颅朝着心房下沉。

他奔向一棵松树，

伏身躺在草地上。

他把宝剑和坳里风压在身子下，

朝异教徒的国家转过头去，

这是因为他临终也不忘记，

向查理和他的将领表示，

高贵的伯爵在征服中献出生命。

他频频低头表示忏悔，

把手套交给上帝要求赦罪。①

一七五

罗兰感到他的时间正在结束。

在一座悬崖上向西班牙转过身。

用一只手拍打自己的胸口:

"上帝啊!从出生之日,

直到归西之时,

我犯下的罪孽不论大小,

全靠主的威力给予宽恕!"

他向上帝交出右手套,

天使从天而降到了他的身边。

一七六

罗兰伯爵躺在一棵松树下,

他朝西班牙方向转过脸。

许多往事又涌上心头,

他记起许多征服的土地,

富饶的法兰西,同族的亲人,

教育他成长的查理曼君王。

他禁不住落泪叹息。

---

① 原注:封建时代表示藩臣向国王交回权柄的一种仪式。这里借用于宗教中。

但是他不愿把自己忘了。

他低头忏悔，要求上帝宽恕：

"真正的天父，你从不说谎，

你使圣拉撒路死后复生，

你让但以理逃出了狮子坑①，

不要因我在一生中犯的罪孽，

而让我的灵魂万世不劫！"

他把右手套献给上帝，

圣加百利从他的手里接了过去。

他又把低垂的头贴在手臂上，

双手合拢走完生命的路程。

上帝派来了二品天使基路伯，

和天使米迦勒②，

跟他们一起的还有圣加百利。

他们把伯爵的灵魂带往天堂。

一七七

罗兰去世，他的灵魂升上了天，

而这时皇帝正赶到龙塞沃。

没有一条大路，没有一条小道，

没有一块空地，没有一寸泥土，

---

① 当时人们在临危时的祈祷词。事见《圣经》。
② Saint Michel，在《圣经》中称"圣米迦勒"，在世俗中常译作"圣米歇尔"。参见第37行的注解。

不是躺着一个法国人,就是躺着一个异教徒。

查理高声喊:"亲爱的外甥,您在哪儿?

大主教呢?奥里维伯爵呢?

基兰和他的战友基里埃在哪儿?

奥顿和贝朗杰在哪儿?

还有我热爱的伊丰和伊弗瓦?

加斯科涅人安杰里埃、

萨松公爵和安塞依男爵又怎么啦?

鲁西荣的基拉尔老爷,

和我留下的十二太保呢?"

这些问话纯属多余,因为已经无人应答。

国王说:"我深感痛苦,

战斗打响时我竟然不在场!"

他绝望地拉扯胡须,

他的骑士大臣纷纷落下眼泪,

两万人昏倒在地上。

奈姆公爵黯然神伤。

一七八

没有一位骑士大臣,

不是痛苦万状,满面泪痕。

他们哭悼自己的儿子、兄弟、侄甥、

朋友和忠心耿耿的文武大臣。

许多人昏倒在地上。

奈姆公爵不愧是临危不乱的将才,

他首先对皇帝说:

"看前面两里路的地方,

大道上尘土飞扬,

异教徒在那里成群结队。

冲过去报仇泄恨!"

查理说:"啊!上帝,他们已那么远啦!

允许我伸张正义,恢复荣誉!

法兰西的精英遭到他们的摧残!"

国王给吉波恩和奥顿,

给兰斯的蒂波和米龙伯爵下令:

"你们看守战场、峡谷和山岭。

让阵亡的将士就这样躺着,

防止野兽和狮子[1]伤害他们,

防止侍从和副官走近他们。

你们任何人也不许接触他们,

直到上帝允许我们回来为止。"

他们怀着敬爱之情轻声说:

"公正的皇帝,亲爱的大王,我们照办不误!"

一千名骑士留了下来。

---

[1] 原注:中世纪宗教仪式中常把龙与狮子看做是魔鬼和地狱的象征。

一七九

皇帝下令军号齐鸣,

然后这位英君率领他的大军疾驰。

他们发现了西班牙人的踪迹,

齐心协力奋勇追赶。

国王看到夜色降临,

在一块草地上下马,

伏在地上向天主祈祷,

要求他使太阳不转,

黑夜不来,白天不完。

这时来了一位经常向他说话的天使,

立刻向他传达命令:

"查理,策马前进吧,光明不会离你而去。

上帝知道你失去了法国的精英。

你可以向罪恶的民族尽情报复。"

皇帝听了这话又上了马。

一八〇

为了查理曼,上帝大显神通,

让太阳悬在空中不动。

异教徒拼命逃窜,法兰克人穷追不舍,

终于在雾谷赶上了他们。

他们快马加鞭赶着敌人逃往萨拉戈萨。

他们枪如闪电把敌人斩尽杀绝。

大路小道全都封住,

步步进逼到了埃布罗河,

河水汹涌湍急,深不可测,

岸边不见渡船、小舟和木筏。

异教徒哀求他们的泰瓦干大神,

然后跳入水中,谁也没有得到神的保护。

携带武器的士兵分量最沉,

成群地遭到灭顶之灾。

一部分人随水漂流不知去向,

幸运儿也灌满了水,

在极度痛苦中溺死于河底。

法国人叫喊:"罗兰,您遭到多大的不幸啊!"

一八一

查理看到异教徒个个死去,

有的挑死在枪下,大部分淹死在水里,

大量战利品也由他的骑士缴获,

高贵的国王下马,

伏在地上赞美上帝。

当他站起身,太阳倏忽不见。

皇帝说:"大家就在此地扎营吧,

回龙塞沃已经太晚了。

我们的马匹也都疲劳不堪。

卸下马鞍和马嚼,

放到草地上休息。"

法兰克人回答:"陛下说得有理。"

一八二

皇帝竖起营帐。

法国人在旷野中下马,

卸掉马背上的鞍子,

退出马嘴里的金马嚼;

把马放在青草茂盛的野地上,

除此也没有其他照料。

精疲力竭的人卧地而睡,

那一夜没有人放哨。

一八三

皇帝躺在一块草坪上。

头边放了那根大长矛。

这一夜他不愿解除武装,

身穿银色红边铠甲,

头系镶金宝玉盔,

佩带盖世无双的神助剑。

一日间色彩变幻三十回。

我们知道基督在十字架上,

被长矛扎伤。

上帝把这支矛头恩赐给查理,

查理叫人镶配在金柄上。

感谢这份恩宠荣耀,

这支剑取名"神助"。

法国大臣们不会忘记,

因为他们的战斗口号就是"我有神助"。

这说明他们能够所向无敌。

一八四

夜色清,月亮明。

查理躺着,想起罗兰伤心。

想起奥里维、十二太保,

想起他留在龙塞沃血战而死的法国人,

心头久久难以平静。

他不禁流泪哀叹,

祈祷上帝拯救他们的灵魂。

国王伤心过度累坏了身,

入睡后又辗转难眠。

这时刻法兰克人睡得满地都是,

没有一匹马还能站立不倒,

即使饥饿也都躺着吃草。

人受过大苦后懂的事才会多。

一八五

查理睡梦中也像在受折磨。

上帝派来圣加百利,

奉命保护皇帝。

天使彻夜侍在床边。

他托梦向他预示,

不久将有一场恶战,

种种征兆令人非常不安。

查理抬头望天,

只看到闪电、狂风、冰雹,

云水翻腾咆哮,

挟着猛火烈焰,

突然朝着他的军队直泻。

木杆长矛、雕金盾牌,

都熊熊燃烧。

铁尖枪杆折成碎片,

铠甲钢盔格格作响。

他看到他的骑士失魂落魄。

还有狗熊、猎豹要吞吃他们,

蟒蛇、蛟龙、妖魔、狮身鹰头怪,

总数至少超过三万。

个个都朝法国人扑来。

法国人高喊:"查理曼,救救我们!"

国王充满痛苦和怜悯,

他要去救,但不能如愿:

丛林深处冲出一头大狮子,

狰狞可怕,气势吓人;

竟然向国王本人进攻。

人狮抱在一起进行肉搏战。

但是国王不知道谁胜谁负。

皇帝没有从梦中醒来。

一八六

这次梦象以后,又有一次梦象。

他在法国埃克斯宫的一座台阶上,

用两条铁链牵住一头狗熊。

从阿登方向奔过来三十头熊,

每头熊都像人一样说话。

它们说:"陛下,把它还给我们吧!

您扣住它不放有欠公正。

我们应该援助亲属。"

从宫殿又蹿出一条猎狗。

它避开草地上其他狗熊,

只攻击最大的一头。

这时国王看到一场激烈的战斗，

但是他不知道谁胜谁负。

这也是上帝的天使给他托梦。

查理睡到第二天日上三竿。

一八七

马西勒国王逃至萨拉戈萨。

在一棵橄榄树前下了马。

他卸下宝剑、头盔和铠甲。

狼狈不堪地往草地上一躺。

整只右手已被砍掉，

流血不止痛得他死去活来。

妻子勃拉米蒙达在他面前，

号啕大哭不胜悲哀。

随她一起的还有两万人。

他们诅咒查理和富饶的法兰西

他们朝地室奔过去，

对着阿卜林神像破口大骂：

"恶神啊！怎么叫我们受此奇耻大辱？

怎么让我们的国王一败涂地？

他供奉你，你却不赐给他恩典！"

然后他们夺走神像的权杖和冠冕，

把双手吊在一根柱子上，
又一脚踢翻在地，
用短棍打得四分五裂，
他们剥落泰瓦干的红宝石，
把穆罕默德扔到沟里，
听任猪狗啃咬踩踏。

一八八

马西勒从昏迷中醒来。
要人担到圆顶大厅，
墙上装饰彩色的绘画和石雕。
勃拉米蒙达王后对着他痛哭，
又拉头发又叹命苦，
呼天抢地大叫：
"萨拉戈萨啊！今天你失去了
一直为你做主的高贵国王！
我们的神祇做事卑鄙，
早晨战斗中坐视不救。
那些人非常勇猛，简直奋不顾身，
埃米尔若不跟他们交锋，
便显得胆怯无能。
查理皇帝白发美髯，
在阵前勇冠三军。

一旦开战绝不后退。

竟没有人杀了他,这怎不叫人好恨啊!"

一八九

皇帝在鼎盛时代,

驻扎西班牙整整七年,

他攻城略地,所向披靡。

马西勒国王心事重重,

从第一年就频频修书,

向巴比伦的巴利冈求援;

也就是那位埃米尔,年事已高,

比维吉尔和荷马还更老。

国王恳求埃米尔来萨拉戈萨救他;

埃米尔若拥兵不前,国王就弃绝

长期崇拜的神祇和偶像,

皈依神圣的基督信仰,

要跟查理曼妥协。

但是埃米尔相距遥远,迟迟没有赶过来。

他召集四十个王国的臣民,

下令准备大小船只:

木桨船、风帆船、运输船、战斗船。

亚历山大城城南有一座海港,

他下令船队在那里整装待发。

五月，在夏季的第一天，

他的军队扬帆出海。

一九〇

敌国的军队浩浩荡荡。

水兵奋力张帆、划桨、操练。

桅杆顶和船头上，

挂满了水晶石和明灯，

凌空放出万道光芒。

入夜后海面更加美丽，

靠近西班牙的土地，

照得沿岸金光闪亮。

消息传到了马西勒那里。

一九一

异教徒不愿中途歇息。

他们走完海路，就驶入河道，

越过马勃里兹和马勃洛兹，

船队沿着埃布罗河上溯。

无数的明灯和水晶石，

通宵达旦照得四周一片光亮。

那天，他们抵达了萨拉戈萨。

一九二

天空晴朗,太阳明亮。
埃米尔弃船上了岸。
埃斯巴纳里陪他走在右首,
十七位国王跟在身后,
还有数不清的公侯贵胄。
田野中央一棵月桂树下
一块白色丝毯铺在草地上,
他们放了一把象牙椅。
异教徒巴利冈坐上,
其他人侍立两旁。
他们的大王首先说话:
"诸位高贵英勇的骑士,请听我说!
查理王,法兰克人的皇帝,
我不同意他就过不了日子。
他在西班牙全境跟我大打出手,
我要追他到富饶的法兰西。
他一日不死或不被活捉,
我这生绝不善罢甘休。"
他用右手套拍打膝盖。

一九三

这时他庄严宣誓:

即使以天下的黄金相劝，

他也要直捣查理的老巢——埃克斯。

部下向他欢呼鼓动。

然后他召来两名谋臣，

克拉里万和克拉里安：

"你们是马尔特拉因国王的孩子，

他从前乐于担任我的信使。

我命令你们去萨拉戈萨，

向马西勒传达我的旨意，

我已经来帮助他抵抗法国人。

时机一到会有一场激战，

把这只绣金手套给他作为信物，

让他戴在右手。

把这根金权杖交给他，

让他来我这里认清他的封邑。

我将赴法国跟查理作战。

查理若不匍匐在地听我发落，

若不抛弃基督信仰，

我将摘去他头上的王冠。"

异教徒说："陛下说得有理。"

一九四

巴利冈说："两位大人，上马去吧！

一人拿手套,一人拿权杖!"

他们回答:"敬爱的大王,我们遵命。"

他们一马驰往萨拉戈萨。

他们通过十道城门,越过四座桥

和熙来攘往的所有街道。

当他们走近上城,

听到宫殿那边人声鼎沸;

有一群异教徒

哭天哭地在号丧。

他们不再有泰、穆、阿三位神,

但依然恋恋不舍。

他们相互说:"可怜的人,今后怎么办啊?

我们已经大难临头,

马西勒国王性命难保,

罗兰伯爵昨天砍掉了他的右掌。

我们也失去了金头发朱尔法欧。

今天西班牙全要落入法王的魔爪。"

两名信使踩着界石下马。

一九五

他们把马留在一棵橄榄树下。

两名撒拉逊人接过缰绳,

信使提着披风,

直上高高的宫殿。

他们走进圆顶大厅,

向国王致意,但言辞不大得体:

"但愿我们头上的穆罕默德、

泰瓦干和阿卜林,

援助国王和保护王后!"

勃拉米蒙达说:"我听到有人在胡言乱语!

我们的神都庸碌无能。

在龙塞沃显示的是邪魔外道,

让我们的骑士惨遭杀害,

两军酣战时又背弃了我们的大王,

被厉害的罗兰伯爵砍去了右掌,

从此再也不会复原。

查理将统治整个西班牙。

我这个可怜女子会有什么好下场?

天哪!还不如给个男人杀了吧!"

一九六

克拉里安说:"夫人,话不能这样说!

我们是异教王巴利冈的信使。

他说要来保卫马西勒,

给他送来了权杖和手套。

埃布罗河有四千艘我们的船,

木桨船、风帆船、运输船、战斗船，

多得我数也数不过来。

埃米尔武功显赫，

他要去法国进攻查理曼，

不把他杀死也要把他制伏。"

勃拉米蒙达说："找到他不用千里迢迢！

法兰克人就在附近。

他在这个国家已有七年。

皇帝英勇善战，

他宁可战死也不肯退兵。

哪个国王不被他玩弄于股掌？

查理是天不怕来地不怕。"

一九七

马西勒国王听到这里："你说够了吧！"

接着向信使说："大人，有话可以跟我说！

你们看到我已来日无多

我没有了儿子与女儿做继承人。

原有一个儿子已在昨晚被杀害。

请转呈大王前来看我。

埃米尔有权掌管西班牙，

他若愿意接受，我就把国家交给他。

由他保卫国家抗击法国人的侵入！

至于对付查理曼,我给大王出一条好主意,

不出一个月就可把他打败。

你们把萨拉戈萨的钥匙交给大王,

再对他说相信我就不要撤离。"

他们回答:"陛下说得有理。"

一九八

马西勒说:"查理皇帝

屠杀我的人民,蹂躏我的土地,

侵占和掠夺我的城池。

今夜他在埃布罗河畔宿营,

我算过离此不过七里地。

转告埃米尔带了他的军队过去,

我通过你要求他在那里打上一仗。"

他交出萨拉戈萨的钥匙。

两名信使鞠躬退出,

当下回去禀报。

一九九

两名信使跨上马背,

迅速驰出城门,

慌慌张张回到埃米尔那里。

他们呈上萨拉戈萨的钥匙。

巴利冈说:"你们看到了什么?

我要见马西勒,他人在哪里?"

克拉里安说:"他身上受了重伤。

昨天此刻查理皇帝通过峡谷,

他要回到富饶的法兰西。

由精兵良将组成后卫,

其中有他的外甥罗兰伯爵、

奥里维和十二太保,

还有两万名骑士。

马西勒国王向他们进行了偷袭。

他和罗兰狭路相逢,

罗兰用朵兰剑砍他,

砍去了他的右掌。

他也杀死了他的爱子

和麾下不少武臣良将。

马西勒抵挡不住逃了回来。

皇帝对他穷追猛打。

国王要求您去救援,

他把西班牙国家馈赠给您。"

巴利冈开始思考。

他痛苦得几乎失去了知觉。

二〇〇

克拉里安又说:"埃米尔大王,

昨天他们在龙塞沃打了一仗。

罗兰战死，奥里维伯爵、

查理热爱的十二太保

和两万法国人都已阵亡。

马西勒国王在阵上失去右掌，

皇帝对他穷追猛打。

这块国土上已找不到一名骑士，

他们不是被杀死便是在埃布罗河淹死。

法国人驻扎在河岸上，

离这里近在咫尺，

大王可以轻易切断他们的退路。"

巴利冈的眼里露出凶光，

内心激动喜悦。

他从椅子上一跃而起，

大喊："各位大人，事不宜迟！

大家离船登岸，上马疾驰！

查理曼老贼若不立即逃跑，

马西勒国王的仇今日可报，

我用查理的头颅赔偿他的右掌。"

二〇一

阿拉伯异教徒离船登岸，

然后骑上骡子和马，

除了快马加鞭以外不思其他!
埃米尔把他们全都送上了大路,
再召来心腹之臣吉马尔凡:
"我命令你统率全军人马。"
然后他骑上他的棕色战马,
还带了四位公爵。
他一马骑到了萨拉戈萨。
他踩在大理石界石上下马,
有四位伯爵①给他提马镫。
他上了台阶直奔宫殿。
勃拉米蒙达跑过来迎他,
对他说:"我的命好苦啊!
陛下,我的大王一败涂地真叫人惭愧!"
她跪倒在他的脚下,埃米尔把她扶起。
他们进了屋里都很悲伤。

二〇二

马西勒国王看到巴利冈,
叫两名西班牙的撒拉逊人:
"抱住我,扶我起来。"
他左手取起一只手套。

---

① 原文如此。据上文似应为公爵。

马西勒说:"国王陛下,埃米尔,

我把我的全部土地赠与你

——萨拉戈萨及其所属的领地。

我失去了一切:自己和手下人。"

埃米尔回答:"我为此非常难过!

我不能跟您长谈。

我要给查理一个措手不及。

不管怎样我接受您的手套。"

他含着眼泪走了,非常伤心。

他走下宫殿的台阶,

跳上马四蹄如飞去追赶队伍,

还一直跑到了前面。

他隔一会儿喊一声:

"异教徒,冲啊!法国人已经望风而逃了!"

二〇三

天空出现最初的曙光,

查理皇帝从梦中醒来。

圣加百利奉上帝之命守护在旁,

举手在他的身上做个手势。

国王解下武器放在地上,

全军将士也无不如此。

他们一上了马背又匆忙疾驰,

两旁的道路宽又长,

他们奔向龙塞沃战场,

凭吊惨败后的景象。

二〇四

查理来到了龙塞沃。

看到尸体眼泪簌簌下落。

他对法国人说:"各位大人,你们慢慢走,

因为我必须走在众人之前,

去找外甥的遗体。

那时在埃克斯城里举行过一次盛会,

英勇的骑士都豪情回顾

艰苦卓绝的血战硬仗。

我听到罗兰这样说:

他若战死异国,

必然身先士卒,

面孔朝向敌国土地;

大将军要在征战中结束一生。"

查理走在前面有一箭之地,

首先登上了一座山冈。

二〇五

当皇帝寻找外甥时,

见到草丛中多少花朵

都染上将士的血迹!

他一阵心酸忍不住落泪。

国王来到了两棵树下。

认出三块石墩上有罗兰的剑痕。

外甥就躺在草地上,

查理哪有不悲恸的道理!

他下马奔了过去。

双手把他抱住,

竟伤心得昏倒在尸身上。

二〇六

皇帝从昏迷中苏醒。

奈姆公爵、阿斯林伯爵、

安茹的乔弗瓦和他的兄弟亨利,

扶起国王,站到一棵松树下。

他望着外甥躺在地上,

一片深情念起了悼词:

"好罗兰,上帝会给你怜悯!

你是盖世无双的骑士,

身经百战,无往不胜。

我的荣耀也要随你而去了!"

查理情不自禁又昏了过去。

二〇七

查理国王从昏迷中苏醒。
四位大人把他扶起。
他望着外甥躺在地上,
尸体还有弹性,但是血色全无,
两眼往上翻,目光早已昏暗。
查理对着诉说他的一片虔诚和爱:
"好罗兰,上帝会把你的灵魂
带往天堂乐园跟天使为伍!
你的君王在西班牙有负于你!
今后没有一天不为你难过,
精力与胆略也会大损!
我再也没有你这样的栋梁大臣,
天下也找不到知心人。
我虽有亲属,都不如你那么英勇。"
他手扯自己的头发。
法兰克十万大军俱悲恸万分,
没有一人不是痛哭失声。

二〇八

"好罗兰,我要回法兰西。
当我回到拉昂的宫殿,

会有各国藩王朝觐,

问起:'哪位是伯爵大将?'

我只能说已在西班牙为国捐躯。

此后我人在治国,心在忧伤,

没有一日不流泪不叹息。"

二〇九

"好罗兰,英勇的武士,风华正茂,

当我回到埃克斯的教堂,

藩王们会来打听消息;

我宣布的事太意外、太可怕了:

'随我南征北战的外甥,今已不在人世。'

萨克森、匈牙利、保加利亚和其他敌国,

罗马人、阿普里亚人、巴勒莫人、

阿非利加人和加利芬人,

都会纷纷起来造反,

我今后将会多灾多难。

历来督阵的大帅早已西归,

谁带兵有这么大的权威?

法兰西啊,你损兵折将!

简直叫我痛不欲生!"

他开始拉扯花白胡须,

双手还把头发扯了下来。

十万法国人都昏倒在地。

二一〇

"好罗兰,上帝会给你怜悯!

愿你的灵魂升入天庭!

谁杀了你,也毁了法兰西。

为我而牺牲的藩臣,

也都叫我痛不欲生。

愿上帝和圣马利亚之子赐恩,

在抵达西兹大峡谷以前,

让我的灵魂在今天与肉体分离,

跟他们的灵魂相聚,

而肉体与他们的肉体同葬一地!"

他落下眼泪,拉扯白须。

奈姆公爵说:"查理伤心极了!"

二一一

安茹的乔弗瓦说:"皇帝陛下,

不要过度悲伤,要节哀!

请下令在各个角落寻找

跟西班牙人作战而死的将士们。

把他们埋入同一个墓坑。"

国王说:"那就吹号吧!"

二一二

安茹的乔弗瓦吹起号角。

查理命令法国人都下马。

他们找到死去的朋友，

立刻放入同一个墓坑。

在场有许多主教、本堂神甫、

住持、司铎、剃度的修士，

都以上帝的名义宽恕和赐福。

他们还烧起了没药和麝香，

热诚地超度亡灵，

隆重地入殓下葬。

除了让他们留在原地，还能有其他办法吗？

二一三

皇帝还下令给罗兰、奥里维

和杜平大主教整容化妆。

当着他的面剖开三具尸体的胸膛，

掏出三颗心放到一块丝巾上，

一齐放入一只白玉匣子内。

然后把三位王爷的尸体，

用香料和酒洗干净，

裹上几张麂皮。

国王命令蒂波、吉波恩、

米龙伯爵和奥顿侯爵:

"把它们装上三辆马车运走。"

尸身上盖一块格拉扎地毯。

二一四

查理皇帝正要起程回转,

面前忽地出现异教徒的先锋部队。

领头的是两名信使,

他们以埃米尔的名义向他宣战:

"狂妄的国王,休想脱身。

巴利冈骑马随后就到。

他从阿拉伯调来千军万马,

今天试一试你是不是英勇。"

查理国王抚拂他的长须,

损兵折将的痛苦袭上心头。

他目光严厉地注视他的队伍,

然后高声大吼:

"法国将士们,拿起武器上马!"

二一五

皇帝第一个披挂戎装。

他迅速穿上铠甲,

系结头盔，佩带神助剑，

太阳也难掩它的光芒。

胸挂皮丹纳盾牌，

手握长矛挥舞几下，

然后骑上丹双渡——那是

在马苏纳山下杀死了纳尔邦的马帕兰，

蹚水到河里才驯服的一匹宝马。

他放开缰绳，连蹬马刺，

在十万将士眼前疾驰而过。

他向上帝和罗马的圣徒求助。

二一六

法国人下马，站满了山野，

十多万人同时披挂扎靠，

他们拥有合适的装备、

千里骏马和精美武器。

他们身手矫健地跃上马鞍。

他们会选择时机大战一场。

头盔上旌旗飘拂，

查理看到军容威壮，

叫唤普罗旺斯的佐士朗、

奈姆公爵、美因茨的安丹姆：

"有这样的藩臣使人充满信心，

跟他们一起就明白不用担忧。

阿拉伯人若不知难而退，

要为罗兰的死还清血债。"

奈姆公爵说："上帝让我们如愿以偿吧！"

二一七

查理叫唤拉贝尔和纪姆曼。

国王对他们说："大人，我下命令，

由你们递补奥里维和罗兰的职务，

一个执长剑，一个拿坳里风，

骑了马冲在队伍前面；

后随一万五千名法兰克人，

个个要年轻英勇。

后面再安排同样数目的将士，

由吉波恩和洛朗率领。"

奈姆公爵和佐士朗伯爵

指挥联队，排好阵容。

他们在选择时机大战一场。

二一八

法国人组成第一、第二联队。

接着又组织第三联队。

这中间有巴伐利亚的藩王，

估计有两万人马。

这些人绝不会临阵脱逃。

除了攻城略地的法国人以外，

查理最宠的就是他们。

由丹麦武将奥吉伯爵率领

——这是一支铁军。

二一九

查理皇帝有三支联队。

奈姆公爵随后又组成第四联队，

包括忠诚的藩王爷。

他们都来自德意志土地。

据众人说有两万人。

马匹武器齐全，

绝不会因贪生而中止战斗。

由色雷斯的赫曼公爵率领；

他宁死也不做懦夫。

二二〇

奈姆公爵和佐士朗伯爵

把诺曼人组成第五联队；

据法兰克人说有两万人。

他们武器精良、战马飞快，

绝不会因贪生而投降。
天底下打仗最勇的就数他们。
由理查老将率领作战,
他将用锋利的长矛刺杀。

二二一

还有第六联队由布列塔尼人组成。
一起有三万名骑士;
这些人骑在马上一派大将风度。
枪杆涂彩,旌旗竖立。
他们的王爷叫欧顿。
他命令尼佛隆伯爵,
兰斯的蒂波和奥顿侯爵:
"我把部下交给你们指挥。"

二二二

皇帝有了六支联队。
奈姆公爵然后又组成第七支,
包括普瓦图人和奥弗涅的大臣;
可能有四万名骑士,
骑骏马,执利器。
他们驻在另一座山下的溪谷里。
查理举起右手向他们祝福。

由佐士朗和高特塞尔姆率领。

二二三

奈姆用佛兰德人和弗里斯的大臣，

组成第八联队。

有四万多名骑士。

这些人绝不会放弃战斗。

国王说："这些人会为我效命。"

由加利西亚的朗波和阿蒙，

像真正的骑士协力指挥。

二二四

奈姆和佐士朗伯爵

组成第九支勇士联队，

他们来自洛林和勃艮第。

细算一下也有五万骑士，

戴头盔，穿铠甲，

使用短柄铁矛。

阿拉伯人若不知难而退，

莫怪他们冲过来手下无情。

他们由阿尔贡公爵蒂埃里率领。

二二五

第十联队是法国王爷的部队，

拥有十万精兵良将。

他们体魄健硕，相貌堂堂，

须发都已花白，

穿上双层铠甲，

佩带法国剑和西班牙剑。

手提华丽的盾牌，上绘显明的族徽。

他们跳上马背，要求请战。

高喊："我有神助！"查理曼和他们一起。

安茹的乔弗瓦手持大王旗，

这是圣彼得的遗物，从前叫"罗马"旗，

今改名为"神助"。

二二六

皇帝跳下马背，

俯首伏在草地上。

他抬头朝着上升的太阳，

内心深处向上帝祈祷：

"真正的天父，我求你今天保佑。

约拿被大鲸鱼吞在肚里，

正是你救他脱了险；

是你保护了尼尼微王；

是你对但以理施展神奇，

不使他在狮子坑里受到伤害。

是你从大火中救出三名小孩[1]！

我求你今天也爱护我！

愿上帝怜悯，允许我

为外甥罗兰报仇雪恨！"

他祈祷完毕站起身，

在头上用力画了个十字礼。

国王骑上他的骏马，

奈姆和佐士朗给他提马镫。

他拿起他的盾牌和锐利的长矛。

他身手利落，老当益壮，

充满自信，脸上发光。

他稳坐在鞍子上策马前进，

身前身后都吹起军号，

坳里风的声音更把一切压倒。

法国人为罗兰痛哭哀悼。

二二七

皇帝骑在马上神采奕奕。

长须在铠甲前飘拂。

其他人爱他也模仿他，

十万法兰克人以此表示团结一致。

---

[1] 事见《旧约全书·但以理书》和《旧约全书·约拿书》。

他们越过了高山崇岭,

穿行在深谷险关,

走完了山口和荒漠。

他们行军到了西班牙境内,

在一块平原上安营扎寨。

巴利冈的先锋部队已经折回。

一名叙利亚人向巴利冈汇报:

"我们见到了高傲的查理国王。

他的将士们充满自豪,无意跟他分道扬镳。

拿起武器吧,必将有一场恶战!"

巴利冈说:"是的,好藩王本该如此。

吹起军号,让我的异教将士了解情况。"

二二八

全军鼓角齐鸣,

响彻云霄。

异教徒下马披挂戎装。

埃米尔也不甘心落在人后。

他穿上红下摆铠甲,

系好镶玉金盔,

然后把宝剑佩在左腰。

他听说查理的剑名,

也给自己的剑起个显赫的名号。

(他称它为"天宝"。)

这也成了他的战斗口号,

要他的将士在阵前高呼。

他把宽阔的盾牌系在颈前,

金盾环四边镶有水晶,

绑带用绣玫瑰的丝条做成。

他手执的长矛叫诛尔戟,

矛杆有大钟一般粗,

要用骡子驮着才能搬动。

巴利冈跨上战马,

乌特梅的马居尔给他提马镫。

这位王爷骑在马上巍巍然像座高塔,

他虎背熊腰,

胸膛厚实,

两肩宽阔,面色清朗,

表情傲慢,

鬓发如夏天的花一样白。

他身经百战,勇不可当。

天哪!他若是基督徒,必是个了不起的将帅!

他用马刺刺得坐骑流鲜血,

一提缰绳跃过一条深沟,

量一量足有五十尺宽。

异教徒喝彩:"保家卫国非他不可!

法国人要来跟他较量,

必定是来一个死一个。

查理不逃才是老糊涂了。"

二二九

埃米尔是个全面的将才。

他的胡须跟花朵一样白;

对教义精通渊博,

在战场骁勇善战。

他的儿子马普洛米是卓越的骑士,

高大强壮,不愧为将门虎子。

他对父亲说:"陛下,要快马加鞭!

我怕我们会追不上查理!"

巴利冈说:"我们会遇上他,因为他是大勇的人;

许多纪功歌都吟唱他的事迹。

但是他失去了外甥罗兰,

实力大损,难与我们抗争。"

二三〇

巴利冈对他说:"马普洛米,我的好孩子,

前天,忠诚的藩王罗兰,

骁勇善战的奥里维,

查理宠爱的十二太保,

法国两万名将士都先后阵亡。

其余人我都视同草芥。

皇帝要率兵回头来战,不错,

叙利亚信使已向我禀告,

他组成了十支大联队。

吹坳里风的是一名勇将,

他的战友又吹起响亮的号角应和。

他们骑马跑在前头,

有一万五千名法军后随,

个个青年都被查理爱护如自己的孩子。

他们身后还有同样多的人马,

打仗时必然攻势凌厉。"

马普洛米说:"我请求打头阵。"

二三一

巴利冈说:"马普洛米,我的孩子,

你的请求我完全同意。

你立即去跟法国人对阵,

带上波斯国王托尔勒,

娄底斯国王达巴摩。

你若能压住他们狂妄的傲气,

我赐你一部分国土,

从切里安到马希山谷。"

另一个回答:"多谢陛下!"

他走向前接受这份重礼

——这原是弗洛里的国土,

谁知道这竟是他的大凶之日,

封邑也成了他没有见到和获得的美梦。

二三二

埃米尔骑马穿过他的队伍,

身后跟随身材魁梧的儿子。

托尔勒和达巴摩两位国王,

立刻组织了三十支联队,

骑士的数目着实惊人,

最小的联队也有五万人。

第一联队是布腾特洛人,

第二联队是大脑袋的米森人,

他们背上的脊梁骨旁,

像野猪似的长满了长毛。

第三联队是纽布莱人和波洛人,

第四联队是布仑人和埃斯克拉渥人,

第五联队是索博人和索尔斯人,

第六联队是亚美尼亚人和摩尔人,

第七联队是耶利哥人,

第八联队是尼格里洛人,第九是格鲁人,

第十联队是巴里达堡人:

这地方的人从来不做好事。

埃米尔以穆罕默德的奇迹和圣体,

声嘶力竭地发誓:

"法国查理疯狂进军。

他不思后退必有一场好战;

金冠再也不会戴上他的脑袋。"

二三三

然后他们又组成十支联队。

第一联队是面目狰狞的迦南人,

他们从安非谷远道而来。

第二联队是土耳其人,第三联队是波斯人,

第四联队是(凶残的)贝切奈克人,

第五联队是苏特拉人和乌桓人,

第六联队是奥马鲁人和犹结人,

第七联队是塞缪尔的将士,

第八联队是包鲁斯人,第九联队是斯拉夫人,

第十联队是荒漠中的奥西恩人,

这个民族不信我们的天主,

还比哪个民族都狡猾。

皮肤跟铁一般坚硬,

所以不需要头盔和铠甲,

在战斗中心狠手辣。

二三四

埃米尔下令组织十支联队。

第一支由马普鲁斯的巨人族组成,

第二支是匈奴人,第三支是匈牙利人,

第四支是大巴第斯城的人,

第五支是瓦潘奴斯人,

第六支是马辱斯人,

第七支是卢斯人和阿斯特里蒙人,

第八支是阿戈里人,第九支是克拉崩人,

第十支是弗隆得的大胡子兵,

这个民族从来不爱上帝。

据法国史载是三十支联队。

兵多将广,号角嘹亮。

异教徒威武地驰骋在疆场上。

二三五

埃米尔也是顶天立地的人物。

他下令叫人举着他的龙旗,

泰瓦干和穆罕默德的旗帜,

阿卜林恶神的一尊雕像走在前面。

十名迦南人骑着马四周巡回;

他们高声呼叫：

"谁要得到神的保佑，

必须诚惶诚恐祈祷侍候！"

异教徒低头缩脖子，

带了闪光的头盔朝地上磕。

法国人说："你们这些贼没有多久可活！

今天就把你们统统杀光！

上帝啊！保护查理吧！

让这场仗以他的名义而打！"

二三六

埃米尔这人足智多谋。

他召唤儿子和两位国王：

"王爷，你们骑马走在前面，

我的联队由你们统领；

最精锐的三支留下跟我：

一支是土耳其人，一支是奥马鲁人，

第三支是马普鲁斯的巨人族。

奥西恩人也随我左右，

一起进攻查理和法国人。

皇帝若要跟我较量，

必叫他身首分离。

他可以相信不会有其他下场。"

二三七

军队威武雄壮。

队伍之间没有山岩悬崖,

也没有森林树木可以让人藏身。

他们在旷野上彼此一览无遗。

巴利冈说:"好啦,我的异教兄弟,

放马过去打仗吧!"

奥卢芬的安布尔高擎军旗。

异教徒高呼他们的战斗口号:"天宝!"

法国人说:"今天要打得你们落花流水!"

他们放开嗓门大叫:"我有神助!"

皇帝下令吹响军号,

将士听到坳里风个个豪情满怀。

异教徒说:"查理的军队真是威风凛凛。

我们将有一场生死恶斗。"

二三八

乡野广阔,平原浩大。

镶玉金盔和盾牌,

朱红铠甲和长矛,

铁杆上的旌旗,都闪闪发光。

号角响,高亢嘹亮,

坳里风声直上云霄。

埃米尔叫唤他的兄弟，

他是佛洛瑞德国王迦那贝，

他的领地直至塞夫莱山谷。

埃米尔指着查理的军队：

"你看赫赫有名的法国人好不神气！

皇帝骑在马上不可一世；

后面跟着长大胡子的人，

他们的长须挂在铠甲前，

像镜子前的一堆白雪。

他们用长矛和剑进攻，

我们将有一场生死恶斗，

谁都不曾见过有这样激烈。"

巴利冈冲到他的联队前面，

离开还有一竿子远，

对他们这样说：

"异教徒，过来吧，我来开路。"

他挥舞长矛，

把矛头指向查理。

二三九

查理曼看到埃米尔，

他的龙旗、旌旗、军旗，

还有阿拉伯异教徒大军,

除了他占据的这块地方以外,

真是挤得满坑满谷,

法兰西国王大声高呼:

"法国的王爷们,你们都忠心耿耿。

个个都身经百战!

看啊,异教徒都是些骗子懦夫。

他们的宗教不值一文,

他们人多,只是乌合之众!

谁不愿跟我,可以退后!"

他用马刺催马,

丹双渡举蹄跳了四下。

法国人说:"国王多么英武!

请陛下放马过去;我们个个紧随不舍。"

二四〇

天空晴朗,阳光照耀。

兵强马壮,军容堂堂。

前军已是一片刀光剑影。

拉贝尔伯爵和纪姆曼伯爵

放开骏马的缰绳;

他们猛踢马刺。法兰克人开始奔驰,

用锐利的长矛刺杀。

二四一

拉贝尔是勇猛的骑士,

他用金马刺踢马,

直取波斯国王托尔勒。

盾牌和铠甲哪里挡得住他的攻击,

金长矛刺进了他的身体,

跌下马背死在小草丛上。

法国人说:"天主会帮助我们!

查理执行天意,我们对他矢志不渝。"

二四二

纪姆曼进攻卢斯国王。

他刺穿他的花纹盾牌,

然后又击碎他的铠甲;

整面旌旗都捅进了他的身体,

不论是哭是笑,把他打下马背死了。

法国人为这一招高喊:

"将士们,冲啊,不要坐失良机!

查理讨伐异教徒是执行天意,

上帝选择了我们去进行真正的审判。"

二四三

马普洛米跳上一匹白马,

冲入法军阵中。

不分青红皂白大杀大砍，

只杀得人仰马翻死在一堆。

巴利冈带头大喊：

"将士们，养兵千日全在今朝。

你们看到我的儿子在寻找查理，

挺枪向众家敌将挑战。

有这么好的藩臣我于愿已足。

用你们锋利的长矛去给他增援！"

异教徒听了这话往前冲，

大刀阔斧真是一场好杀。

这场惊心动魄的血战，

在历史上可说是空前绝后。

二四四

兵多将广，杀气腾腾。

所有的队伍都在交锋，

异教徒武艺枪法也很高强。

上帝！多少支枪杆折成两段，

多少块盾牌砸成碎片，多少副铠甲散落如断线！

你看到遍地都是尸体，

血流成河，把青草绿地

（染得红成了一片）。

埃米尔鼓动他的信徒:

"大臣们,向基督徒冲杀!"

这场战斗残酷凶猛,

激烈交锋可说是空前绝后。

直到夜色来临谁也不想收兵。

二四五

埃米尔鼓动他的将士:

"异教徒,杀啊,到这里就为了这背水一战。

我会给你们高贵漂亮的女人,

我会给你们封邑、土地和庄园。"

异教徒齐声响应:"我们遵命。"

他们连连刺杀,折断了无数长矛,

他们又抽出十万把宝剑。

这场混战触目惊心,

身历其境的人才算是看到了真正的战争。

二四六

皇帝动员他的法国人:

"各位大臣,我爱你们,我信任你们。

你们跟随我南征北战,

征服了多少国家,推翻了多少国王!

不以我的情意、土地和财富,

我知道就不足以犒赏你们。

那晚在龙塞沃，你们的儿子、兄弟、继承人遭杀害，

你们要为他们复仇。

我有权利对异教徒实施惩罚。"

法兰克人说："陛下说得有理。"

两万人在他的身边，

异口同声做出响应，

即使惨遭死亡也不离他而去。

人人都是折断了长矛，

再拔出宝剑刺杀。

这一仗打得真是惊天地、泣鬼神啊！

二四七

马普洛米在战场上横冲直撞，

把法国人杀了好一阵子。

奈姆公爵狠狠地盯着他看，

奋不顾身冲过去袭击。

他刺穿他的盾牌边沿，

刮掉他的铠甲下摆的花饰，

把黄旗整个儿刺进他的身体。

把他打下马背死在万人坑里。

二四八

埃米尔的兄弟迦那贝国王，

用马刺猛蹬他的坐骑；

他拔出水晶球宝剑，

打在奈姆的太子盔上，

头盔掉下半爿，

钢环也切断了五个。

风帽已不起作用，

削去头发碰到了肉，

一块头皮还削落在地上。

这一记好厉害！公爵晕头转向，

没有上帝保佑早已跌下马背。

他伸出两臂抱住战马的颈子。

异教徒若再击一下，

这位高贵的藩王会当场毙命。

这时查理一马赶到，来救他脱险。

二四九

奈姆公爵处境十分危险，

异教徒迫使国王迅速行动。

查理对他说："恶贼！你攻击他是打错了主意！"

他舍生忘死地冲了上去，

刺穿他的盾牌，压住他的胸口，

撕裂铠甲上的透气孔，

把他打死在地，马背上留下一副空鞍子。

二五〇

查理曼大王感到非常痛苦,

目睹奈姆在他面前受了伤,

鲜血滴在青草地上。

皇帝低声对他说:

"亲爱的奈姆王爷,骑着马跟我一起!

那个浑蛋跟您纠缠不清,他已经死了,

我一矛捅穿了他的身体。"

公爵回答:"陛下,您是我的信心。

我若不死,必将大力报效。"

他们并辔一起走,像两个好朋友。

他们周围两万法国人,

没一个不在拼命厮杀。

二五一

埃米尔在战场上直奔而来,

他要进攻纪姆曼伯爵。

他把他的白盾牌刺穿在胸前;

撕破了他的铠甲下摆,

把他的身体劈成两爿,

打死在骏马脚下。

然后他又杀了吉波恩和洛林,

还有诺曼领主理查老臣。

异教徒高喊:"天宝剑大发神威!

王爷,杀啊,这是我们的保障!"

二五二

啊!这些阿拉伯、奥西恩、阿戈里

和巴斯格的骑士,不是眼见真不知道厉害!

他们用长矛直刺横扫。

法国人也绝没有后退的念头。

双方阵营都伤亡惨重。

天黑了还是杀声震天。

法国将士战死者数目惊人。

收兵前还会添多少鬼魂!

二五三

法国人和阿拉伯人杀得难分难解。

长枪和长矛纷纷折断。

谁见过盾牌如何打烂;

谁听到白铠甲如何碎裂,

盾牌如何压扁了头盔;

谁看了骑士摔下马背、

士兵喊叫和倒地死去的景象;

谁也忘不了这一场浩劫!

战斗真是惨不忍睹。

埃米尔祈求阿卜林、

泰瓦干和穆罕默德：

"我的神爷，我一直虔诚侍候。

以后还要给你们塑金身神像。"

(……)①

这时一名近臣吉马尔凡走到面前，

带给他一条噩耗：

"巴利冈陛下，大事不好了。

马普洛米太子阵亡，

迦那贝亲王也被杀死。

两名法国人侥幸获胜，

其中一名我相信是皇帝：

他身材魁梧，气宇轩昂，

雪白的胡须好似四月里的鲜花。"

埃米尔放下头盔，

脸色立刻阴暗下来：

他真是痛不欲生。

他叫唤乌特梅的赞格勒。

二五四

埃米尔说："赞格勒，您往前来！

---

① 原注：一般认为这里少了第 3494 行。

您不但勇敢,还足智多谋,

我一直对您言听计从。

您怎样看阿拉伯人与法国人?

这一仗我们的胜负如何?"

那位大臣回答:"巴利冈,您是凶多吉少。

神爷也保佑不了。

查理威严,他的将士勇武,

我未曾见过有人这样不顾死活。

您必须从奥西恩的王爷、

土耳其人、安弗仑人、阿拉伯人和巨人族那里调兵。

无论如何,事不宜迟。"

二五五

埃米尔的胡须挂在胸前,

像山楂花似的洁白。

无论如何他不愿一走了事。

他把嘹亮的号角放到嘴前,

吹得异教徒个个听见。

他集中战场上的所有联队。

奥西恩人喊声、马啸声响成一片,

阿戈里人像狗似的狂吠。

他们不顾死活向法兰克人冲,

密集的兵阵也溃不成军。

这一冲死了七千人。

二五六

奥吉伯爵向来是条好汉。

穿戎装的藩臣哪个都不及他。

他看到法国联队溃不成军，

他叫唤阿尔贡的蒂埃里公爵、

安茹的乔弗瓦和佐士朗伯爵。

他情绪激动，对查理说：

"您看见吗，异教徒把您的将士杀了！

若不立即报仇雪耻，

头上枉戴了这顶皇冠！"

没有人接口说一个字。

他们用力蹬马刺，催马疾驰，

遇到异教徒劈头就打。

二五七

查理曼国王狠命地刺杀。

还有奈姆公爵、丹麦王奥吉

和高擎军旗的安茹的乔弗瓦。

丹麦王奥吉浑身是胆。

他催着马全力往前奔，

直取擎龙旗的那个人。

当下就把安布尔、龙旗、

国王的军旗打翻在地。

巴利冈看到他的旗子倒下，

穆罕默德的旗子屹然不动。

埃米尔开始感到

顺合天意的是查理曼，而不是他。

一百多个阿拉伯异教徒转身想逃。

皇帝叫唤他的法国人：

"各位大臣，帮不帮我完成天主的大业？"

法兰克人回答："这还用问吗？

谁不奋勇杀敌，谁是十足的懦夫！"

二五八

白天过去，又来了黑夜。

法兰克人和异教徒还在用剑劈杀。

唯有英勇的将领才让两军这样苦战。

他们没有忘记各自的战斗口号。

埃米尔喊："天宝！"

而查理喊那无人不晓的"神助"。

听到高亢嘹亮的叫声，彼此认清了对方。

两人相遇在战场中央。

他们相互刺杀，用长矛

狠狠打在对方加箍的盾牌上。

巨大的盾心砸碎,

铠甲的下摆撕破,

但是都没有伤到皮肉。

马肚带断裂,马鞍子掀翻,

两位国王跌在地上打个滚,

立刻又站住脚跟,

气昂昂地拔出宝剑。

这场决斗迫在眉睫,

不杀个你死我活也绝不会罢休。

二五九

富饶的法兰西的查理英勇绝伦,

埃米尔也毫无惧色。

他们挥舞赤裸裸的长剑,

在对方的盾牌上猛砍,

削去了上面的双层牛皮和木板;

钉子脱落,盾心震裂;

然后又毫无遮挡地打在铠甲上;

闪亮的头盔上火星四溅,

这场决斗绝不会停歇,

除非有一人呜呼哀哉。

二六〇

埃米尔说:"查理,你要三思,

下决心向我悔过。

你杀了我的儿子,我已知道,

你背信弃义还要夺我的江山。

速速归顺,我给你划地封疆,

你护送我一路到东方。"

查理回答:"这对我是奇耻大辱!

异教徒休想得到我的和平与友谊。

除非你接受上帝的信仰、

基督的教义,我会立即爱你;

以后信奉万能的天主。"

巴利冈说:"你说的是一派胡言。"

他们又拿起佩剑对攻。

二六一

埃米尔力大无比。

他猛击查理曼的褐色钢盔,

钢盔给他砸碎在头上;

宝剑碰上细软的头发,

还割去了一片肉,

骨头都露了出来。

查理一个踉跄,几乎倒在地上;

但是上帝不让他死亡或失败。

圣加百利又回来找他,

问:"伟大的国王,你怎么啦?"

二六二

查理听到天使的圣言,

对死亡既不害怕也不畏惧;

气力和知觉又骤然恢复。

他用法兰西剑进攻埃米尔,

砸碎他的头盔,珍宝上迸出火星,

劈开他的脑壳,脑浆往外四溅,

面孔裂到白色长髯,

打得他一下子气绝身亡。

"我有神助!"这声高喊像召集令,

奈姆公爵听到赶来,

他牵着丹双渡,伟大的国王上了马。

异教徒转身就逃,上帝不让他们顽抗。

法国人在后面紧紧追赶。

二六三

异教徒四处溃逃,这是上帝的旨意。

皇帝也在法军队伍内猛追。

国王对他们说:"各位领主,为死者报仇吧,

让你们的怒火怨恨发泄吧;

早晨我看到你们流了眼泪。"

法兰克人回答:"陛下,这是我们的责任。"

人人精神振奋,大砍大杀。

战场上的敌人很少幸免于难。

二六四

真是杀气腾腾,烟尘滚滚。

异教徒溃逃,法国人穷追。

一直追到了萨拉戈萨。

勃拉米蒙达站在塔顶上,

随同一起的有伪教的神职人员,

这些人上帝绝不会喜欢:

他们都没有受过训诫和剃发礼。

当她看到阿拉伯人遭到屠杀,

她高喊:"穆罕默德,救救我们吧!

啊,高贵的王,我们的将士一败涂地,

埃米尔又被无耻地杀害。"

马西勒听到这话,转身面对墙壁,

两眼流泪,垂头丧气:

他受不住厄运的打击,痛苦而死。

灵魂给魔鬼带着走了。

二六五

异教徒死的死,跑的跑。

这场战争被查理赢得了。

他推倒了萨拉戈萨的城门,

现在他知道城内已无人防守。

城池攻下了,他的人马也跟了上来;

这一夜他们以武力强占进驻。

白发长髯的国王多么自豪,

勃拉米蒙达向他献出城楼,

十座大楼,五十座小楼。

上帝相助,必然成功。

二六六

白天过去,黑夜来临;

明月高悬,星光璀璨。

皇帝占领了萨拉戈萨;

一千名士兵在城内搜索,

闯进了犹太教堂和清真寺;

手拿铁锤和斧子,

把神位、偶像统统砸碎,

魔法和邪说丝毫不留。

国王信奉上帝,要举行宗教仪式,

他的主教们给净水祝圣,

带异教徒进了圣洗堂。

谁若反抗查理,

就被逮捕、火烧或杀掉。

十万多人受了洗礼,

都成了真正基督徒,只除了王后一人。

她成为俘虏,押到富饶的法兰西,

国王希望她接受爱的感召而皈依上帝。

二六七

黑夜过去,晨光初现。

查理占领了萨拉戈萨的塔楼;

留下一千名久经沙场的骑士,

以皇帝的名义驻守城池。

国王率领将士骑上马,

还押着勃拉米蒙达,

但是绝不让她受罪。

他们轻松愉快走在路上,

精神抖擞通过纳尔榜。

他又来到强大的城池波尔多,

在高贵的圣索兰祭台上,

放好盛满金银财宝的坳里风。

朝圣者入内就可看到。

他乘上那里停靠的大帆船渡过纪龙德河。

他带领外甥罗兰、

高贵的战友奥里维、

睿智英勇的大主教来到布莱依。

他下令用白棺木盛殓,

然后安葬在圣罗曼。

法兰克人把他们交给了上帝和他的天使。

查理翻山越岭,马不停蹄,

来到了埃克斯。

一直骑到台阶前才勒住缰绳。

他一走进自家的皇宫,

派遣传令官召集

巴伐利亚和萨克森、洛林和弗里森的法官;

又叫来日耳曼人、勃艮第人、

普瓦蒂埃人、诺曼人、布列塔尼人,

还有法国最贤良的人。

这样开始对加纳隆的审判。

二六八

皇帝从西班牙回来了,

他到了埃克斯——法国最美的宫殿。

他走上宫进入大殿。

这时来了一名美丽的少女奥德。

她对国王说:"罗兰将军在哪里?

他起过誓要娶我做妻子。"

查理不胜悲哀,

他抚摩白髯,眼泪夺眶而出:

"亲爱的孩子,你打听的人已经不在。

我将给你另说一门更好的亲事,

那是我的儿子路易,

他将继承我的帝国,无人可比。"

奥德说:"对我说这话好生奇怪。

罗兰死后我再贪生,

上帝、圣徒和天使不会容忍!"

她脸色苍白,昏倒在查理曼的脚下:

当下猝然死去——愿上帝怜悯她的灵魂!

法国的大臣都哭泣叹息。

二六九

美丽的奥德走完她的人生。

国王以为她一时昏迷。

对她充满怜爱,不由也流下眼泪。

他抓住她的手,把她扶了起来,

她的头耷拉在肩上。

当查理看清她已死去,

立刻叫来四位伯爵夫人,

护送亡人到女修道院,

派人通宵守灵。

尸体埋在祭台下肃穆庄严,

国王给她举行了隆重的葬礼。

二七〇

皇帝回到了埃克斯。

逆贼加纳隆全身镣铐枷锁，

关在宫殿前的老城区。

奴隶把他绑在一根木柱上

用麂皮带缚住他的双手；

他们用短棍拷打他，

因为他不配得到其他待遇。

他要在苦刑中等待审判。

二七一

在古史中有这样的记载，

查理召集许多封邑的藩王。

他们聚首在埃克斯的皇家教堂。

这天是一个非常重大的节日，

有人说这是圣西尔维斯特节[1]。

这时宣布审判加纳隆，

他犯了叛国大罪。

皇帝下令把他押到面前。

---

[1] 原注：西尔维斯特一世，公元 314—335 年的罗马主教，后世认为他是基督教在罗马获得合法地位后的第一任教皇。

二七二

查理曼国王说:"各位领主王爷,
请依法给我惩处加纳隆!
远征西班牙时他跟我在军中,
我的两万法国人被他害去了生命,
其中有我的外甥——诸位再也不会见到,
还有勇武儒雅的奥里维。
他贪财出卖了十二太保。"
加纳隆说:"我若一言不发就会是个叛徒!
罗兰不该损害我的名誉和财产[①],
我因此要他死亡和失败,
我绝不承认这是什么叛国罪。"
法兰克人说:"这事我们可以辩论。"

二七三

加纳隆站在国王面前,
精力充沛,神采飞扬;
他若忠诚完全是一位大将。
他看到法国人、全体法官,
还有跟他一起的三十名亲人,

---

① 原注:此句原文意义模糊,不知所指;暂按此义而译。

于是声音洪亮地申辩:

"为了上帝的爱,请大人听我一言!

我追随皇帝南征北战,

赤胆忠心侍奉左右。

他的外甥罗兰却视我为眼中钉,

欲置我于死地而后快。

我奉命出使去见马西勒国王,

用计谋才得以生还。

罗兰武夫、奥里维和他们的同伙,

我敢说只会龟缩在后。

查理和其他王爷都亲耳听到。

我报了仇,但没有背叛。"

法兰克人说:"这事我们可以辩论。"

二七四

加纳隆看到对他的大审判开始,

有三十名亲人跟他一起。

其中有一名说话大家都听,

他是索伦斯的比那贝尔。

这人说起话来头头是道,

手执武器又勇不可当。

加纳隆对他说:"我信任你。

今日务求赢得诉讼,救我一命。"

比那贝尔说："您不久就会平安无事。

哪个法国人要判您绞刑,

若皇帝允许我与他剑下见分明,

我会用青锋给他一个断然否认。"

加纳隆伯爵对着他跪了下来。

二七五

巴伐利亚人和撒克森人去参加审议,

普瓦蒂埃人、诺曼人、法兰西人;

还有许多日耳曼人、蒂沃瓦人。

奥弗涅人性情最温和,

面对比那贝尔态度更加谨慎。

他们相互说："事情到此为止吧!

让我们中止审判,向国王求情,

这次就饶了加纳隆,

以后要他赤胆忠心辅助皇帝。

罗兰已死,大家也无缘再见,

即使金银财宝也不能使他重生。

为此事剑拔弩张就不够聪明。"

没有人不表示同意,

除了乔弗瓦大王的兄弟蒂埃里。

二七六

大臣们回到查理曼身边;

他们向国王说:"我们请求陛下
赦免加纳隆伯爵。
以后要他赤胆忠心辅助大王。
念他是名门望族且饶他一死。
即使他以命相抵,罗兰也不能复活,
金银财宝也不会让我们与他再相聚。"
国王对他们说:"你们也怀有异心。"

二七七

查理看到大家的意见跟他相左,
深深低下了头,
说自己痛苦难受。
这时一名骑士走到国王面前,
那是蒂埃里,乔弗瓦的兄弟,安茹的公爵。
他的身材单薄瘦削,
头发乌黑,面孔带褐色。
个儿不矮不高。
他彬彬有礼对皇帝说:
"国王陛下,不要灰心失望。
我为您效力多年。
为了先人我应该支持这场审判。
不论罗兰对加纳隆做了什么错事,
他为您效忠时理应得到保护。

加纳隆出卖他就是一个恶棍。

他还花言巧语要陷他人于不义。

有叛节行为的人就是叛徒,

凭这条理由我认为

他应该千刀万剐,绞死正法。

他若有亲人要反驳,

我愿意用腰间的佩剑,

来为我的意见辩护。"

法兰克人说:"您说得有理。"

二七八

比那贝尔走到国王面前。

他高大魁梧,身手矫健。

谁受他一击必死无疑。

他对国王说:"陛下,执法的是您,

哪里容许别人七嘴八舌,纷纷议论。

我看到蒂埃里自作主张,

我要他改口,我要跟他斗一斗。"

他把麂皮做的右手套抓在手里。

皇帝说:"我问谁愿做公正的保人。"

三十名亲人出面保他光明磊落。

国王说:"我给你们恢复他的自由。"

他把亲人留做人质,直至作出判决①。

二七九

蒂埃里看到决斗在所难免,

他把右手套递给查理。

皇帝让他在保释下恢复自由,

然后下令在广场摆上四条长凳,

让决斗的人坐上。

其他人认为他们的挑衅是符合规则的。

丹麦人奥吉安排一切。

然后他们要求马和武器。

二八〇

完成战斗的准备工作后,

他们做忏悔,接受赦免和赐福;

做了弥撒,领了圣体,

向教堂献上大量祭品。

两人又回到查理面前。

他们脚套马刺,

身穿坚韧轻巧的白铠甲,

闪光头盔系在头上,

---

① 原注:按当时习俗,原告提出控诉,被告即被扣押,为了让被告暂时恢复自由,保人可以当做人质。对原告也是如此,若判决后被告无罪,原告则要以诬告的罪而同等受罚。

金柄宝剑佩在腰际,

颈前挂上方块盾牌,

右手拿了锐利长矛,

最后骑上各自的千里战马。

这时十万骑士哭了起来,

他们爱罗兰而怜悯蒂埃里。

只有上帝知道结局是什么。

二八一

埃克斯城墙下草地宽阔。

两位大臣投入了决斗。

他们天性英勇又奋不顾身,

他们的战马奔腾跳跃。

马刺猛踢,缰绳放松,

尽全力向对方进攻;

两块盾牌哗啦啦打得粉碎,

铠甲撕破了,马肚带裂断了,

后桥转动,鞍子滑下马背。

十万人瞧着他们落下眼泪。

二八二

两名骑士都跌倒在地。

他们一转身又迅速站起。

比那贝尔高大魁梧,身手矫健。

他们步战对击。

挥起金柄宝剑,

朝钢盔上砍去。

一记记击烂了尖顶才肯罢休。

法国骑士看到这情景痛心绝望。

查理说:"上帝啊,快评个理吧!"

二八三

比那贝尔说:"蒂埃里,你认输了吧。

我将一片忠诚做你的附庸。

财产也可以按照尊意奉上,

但是劝谏国王不加罪于加纳隆。"

蒂埃里说:"这事不必噜苏。

我若轻易同意就是个十足小人。

今天让上帝来评个谁是谁非!"

二八四

蒂埃里对他说:"比那贝尔,你天生英勇,

高大魁梧,身手矫健。

你的同僚都夸你临危不惧。

放弃这场决斗吧。

我求查理曼跟你和解。

若不将加纳隆绳之以法,

天天会有人出来鸣不平。"

比那贝尔说:"只怕是上帝不依!

我要维护亲族的利益,

绝不会向任何人屈服;

我宁死也不愿受这样的谴责。"

他们又开始用宝剑对攻,

打在镶玉金盔上,

星火四溅,飞向天空。

谁都无法把他们隔开,

战士不死,战斗也不会停止。

二八五

索伦斯的比那贝尔英勇非凡。

他狠打蒂埃里的普罗旺斯头盔,

火星掉在地上把草也烧着。

他伸臂一刺,

钢尖触到对方额头往下滑,

脸中央划出了一道伤口,

右腮全是血污,

铠甲直到肚子底下都给切开。

上帝不让他跌到地上挨宰。

二八六

蒂埃里看到脸上划了一剑,
鲜血流到了草地上。
他狠打比那贝尔的褐色钢盔,
劈开钢盔切到了鼻子,
脑浆都流了出来;
他剑锋一转,把他打下马背死了。
这一招赢得了战斗。
法兰克人高呼:"上帝显灵了。
绞死加纳隆是天意,
作保的亲族也应该同罪处理。"

二八七

蒂埃里赢得了战斗,
查理皇帝向他走去,
身边有四位大臣,
奈姆公爵、丹麦的奥吉、
安茹的乔弗瓦和布莱依的纪尧姆。
国王搂抱蒂埃里,
用大块貂皮帮他擦脸。
擦完扔掉又递来新的。
有人小心翼翼卸下骑士的武装;

又牵来阿拉伯骡子让他骑上。

在大臣的伴送下高高兴兴回府。

他们回进埃克斯城，在广场下了马。

这时开始给其他人行刑。

二八八

查理召集诸位王爷：

"关押的人你们看怎么处置？

他们来法庭为加纳隆辩护，

同意为比那贝尔做人质。"

法兰克人回答："一个不留！"

国王向巴斯布仑军官下令：

"把他们统统吊死在那棵魔树上！

我以我的长须起誓，

若有一人逃生，你也休想活命。"

官员回答："敢不遵命！"

他带了一百名士兵把人质押走，

三十人全体吊死。

叛徒害了自己也害了别人。

二八九

巴伐利亚人、日耳曼人、

普瓦蒂埃人、布列塔尼人和诺曼人都回去了。

法兰克人决心要让加纳隆

在折磨中了此一生。

有人牵来了四匹战马,

再把加纳隆的手脚绑在马上。

战马性子暴烈不驯;

四名士兵赶着它们,

走向田野中央的一条小河。

加纳隆的下场令人不寒而栗。

他的神经紧张拉长,

四肢支离破碎,

鲜血溅落在草地上。

加纳隆作为叛徒懦夫死去。

叛节的人为自己涂脂抹粉,天理难容。

二九〇

皇帝报仇雪耻以后,

召唤法国的主教、

巴伐利亚和日耳曼的主教:

"在我的宫里还有一名高贵的女囚徒,

她听过许多说教和训诫,

愿意皈依上帝,成为基督徒。

你们给她施洗礼,求上帝接受她的灵魂。"

主教回答:"请找几位夫人当她的教母,

她们要值得信任，出身名门！"
在埃克斯城的洗礼池前，
当众给西班牙王后施行了洗礼，
赐名叫朱丽埃纳。
她得到真正的信仰后当上了基督徒。

二九一

皇帝伸张了正义，
平息了心头怒火，
也使勃拉米蒙达皈依了基督教。
白天过去，黑夜来临。
国王在拱顶卧房内睡觉。
圣加百利受上帝之命来对他说：
"查理，动员你的帝国的军队吧！
赶快发兵前往比尔地区，
到因弗去救援维维安国王，
他的城池被异教徒围困，
基督徒向你请求和呼吁。"
皇帝多么愿意推辞不去。
国王说："主啊，我的一生真是千辛万苦！"
他落下眼泪，拉扯白色长须。
杜洛杜斯叙述的故事到此为止。